使靈

使靈

하늘의 소리를 듣다

로사(현음정) 지음

머리 말

밤하늘의 북두칠성 빛이 천장을 관통하여 황등사(皇燈寺)의 관음상을 비추고 있었다.

이때, 동쪽하늘에서 서서히 다가오는 물체가 있었다.

거대한 회오리였다. 회오리가 황등사 천장을 비추며 밤하늘에서 거세게 휘몰아치고 있었다.

그 회오리는 둥근 형태로 계속 돌았는데 수없이 많은 한문으로 씌어진 글자들이 회오리바람 속에서 빙빙 끝없이 돌아가고 있었다.

나는 그 광경을 정면으로 한참 동안 바라보았고, 그 힘은 엄청난 무게로 느껴졌다.

이 지역 전체가 공중으로 빨려 올라갈 것만 같았다. 그러더니 회오리는 거대한 한 마리 잿빛 시조새 형태로 변하더니 서쪽 하늘로 방향을 틀어 순식간에 날아가 버렸다.

이것이 2013년 12월 1일. 황등사(皇燈寺)가 현재 하늘로부터 받은 사령이다.

목차

01. 사막에 핀 꽃 •6

02. 천생(天生) •24

03. 인연의 수레바퀴 •27

04. 약사여래불 •31

05. 천수관세음보살 •39

06. 황등(皇燈) •47

07. 저승에서 온 손님 •62

08. 천명 •68

09. 천도 •71

10. 연옥 •74

11. 달마조사의 분신 •76

12. 여래의 세계 •80

13. 금개구리 •83

14. 49재 •86

15. 황등사의 범종 •89

단편 글 모음 •95

사막에 핀 꽃

수행자가 여행길에 올랐다. 말 한 필에 몸을 싣고 적당한 식량과 물주머니를 말에 싣고 신발 한 켤레, 모포하나, 나침판과 염주다. 사원에서 짜여진 시간 속에 살아온 기간이때로는 지루함에 뭔가 새로운 자신의 자아를 찾아서 여행을 하기로 마음먹었다.

어떤 목적이 있는 여행은 아니다. 예전부터 늘 있어왔던 수행자들의 발자취를 따라가 볼 참이었다. 사막을 거쳐야 하는 여행이라 왜 하필 사막여행이냐는 도반들의 걱정도 이해가 되지만,

나이가 더 들면 힘들 거라는 강박관념에 시달리기도 하였던 이 시기다. 이번 여행은 위험할 것이라는 동료들의 만류에도 뿌리치고 강행하는 길이었다. 내가 가고자 하는 곳은 사막을 지나서야 갈 수

있는 곳이었기에 고생은 이미 각오하였던 것이다.

도반들의 편치 않은 시선이 부담스러워 조용히 말없이 떠나려고 몰래 빠져나왔다.

사원 밖에 미리 대기해 있던 말 한 필이 보였다. 이내 말 등에 몸을 싣고 천천히 출발하면서 뒤돌아보니 어느새 눈치를 챘던지 사원문 앞에서 누군가 손을 흔드는 것이 보였다. 말은 안했지만 여행길의 무사함을 빌어줄 거라는 기대감에 마음이 한 결 가벼워졌다. 사원이 차츰 멀어질 때 쯤 말에 고삐를 당겨 속도를 내기 시작했다.

"따각 따각"

말굽 소리와 함께 스치는 바람에 몸을 실어 서쪽을 향해 내달렸다. 마침 가던 길에 사막으로 통행하며 교류하는 상인들과 같이 동행하게 되었다. 그들은 낙타에 짐을 가득 싣고 행렬을 지어 가고 있었다. 이때, 수행자가 탄 말이 움직이지 않았다.

아무리 고삐를 잡아 당겨도 멈춘 말은 요지부동이었다. 말 못하는 동물이라도 느낌은 아는 모양이다. 이번 여행이 시작부터 말 때문에 걸림돌이 된 것이다. 이 광경을 본 상인이 수행자보고 한마디

했다.

　"낙타로 바꾸어 타야 무사히 사막을 갈 수 있으니 말을 어디에 맡기든지 아니면 팔아서 낙타로 바꿔 타시오."

　그러면서 고개를 설레설레 흔들며 몹시 걱정하는 표정이다. 때마침 낙타무리를 몰고 가는 상인이 눈에 띄어 말을 주고 낙타로 바꿔 탔다. 그리고는 상인들과 같이 일행에 끼어서 출발하였다. 낙타가 행렬을 지어 앞으로 나아갔다.

　수행자는 기대와 부푼 마음이 교차되어 기대감으로 가득 찼고 주머니에서 나침반을 꺼내들었다. 동쪽에서 출발했으니 서쪽으로 가리키는 방향으로 향하였다. 사막이 척박한 땅처럼 느껴진 곳이 넓은 평야처럼 눈앞에서 펼쳐졌고 낙타가 이끄는 대로 몸을 맡겼다. 낙타의 흔들림이 말을 탈 때와의 느낌은 달랐지만 천천히 한 발 한 발 내 딛는 낙타의 느낌도 괜찮았다.

　타박타박 낙타의 발굽소리가 느껴지면서 제법 꽤 많이 사막을 지나왔다는 걸 느낄 수 있었다. 이때, 앞서가던 상인이 걱정스러운 듯 낙타를 멈추게 하였다. 수행자보고도 내리라는 손짓을 하였다. 저 멀리 자세히 보니 저 끝에서부터 모래바람이 일었다. 앞서가던 낙타들이 더 이상 나아가지 못하고 주춤하더니 그 자리에 주저앉는 낙타도 있었다. 모래바람이 거세지면서 낙타 쪽을 향하여 몰아치고 있었다. 상인들은 재빨리 낙타에서 내리더니 머리에 쓴 터번을 풀어 얼굴을 감싸고 모래바람이 어느 방향으로 향하는지 감지하고 반대 방향으로 낙타를 몰아세우고는 방향을 틀어 낙타들을 한곳으로 몰았다. 낙타 등에 실은 짐 속에서 재빨리 보따리를 풀더니 그 자리에서 천막을 쳤다. 간이 움막사이로 그들은 들어가 모래바람을 피했다. 그 일행 중에 수행자도 함께 하였다. 마치 한 동료가 된 듯 가까움이 느껴졌고 동고동락 할 때의 동료처럼 그들과 함께 음식을 나누고 모래바람이 지나갈 때까지 움막 속에서 기다렸다. 얼마간 시간이 흘렀는지 모래바람이 잦아들자 일행은 서둘러 천막을 접어 낙타의 짐을 싣고는 다시 출발 하였다.

모래바람이 훑치고 지나간 자리는 마치 일부러 층층 계단을 만들어 놓은 듯하였다.

상인들은 깊은 모래밭에서도 용케 길을 찾아내어 앞으로 계속 나아갔다.

이때 저만큼 너머 노을이 하늘을 붉게 물들였다. 고운 빛깔의 주홍빛이 서서히 뿜어져 나오는 듯 빛이 사막전체의 모래를 비추고 있었다. 얼마나 그 빛이 강렬했던지 낙타를 탄 상인들의 흰옷이 노을 빛에 반사되어 너무 고와 보였다. 수행자는 생각에 잠겼다. 이 여행이 잘 선택한 길이라고 생각하며 회심의 미소를 지었다. 여행을 말리던 도반들의 얼굴이 하나 둘 떠오르면서 이 여행이 끝나 돌아가면 수행에 더욱 정진할 것 같다는 확신이 들었다.

  얼마쯤 왔을까. 해가 뉘엿뉘엿 지기 시작하자 잿빛 그림자가 모래위로 비치더니 순식간에 어두워지기 시작했다. 상인들은 낙타들을 멈추게 하고는 적당한 장소에 천막을 치고 이곳에서 잠을 청하고 아침에 출발할 것이라고 했다. 사막은 낮과 밤의 기온이 차이가 많이 나 밤이 되자 으슬으슬 추위가 온몸을 휘감았다. 이때 발 빠른 사람이 천막 밖에다 불을 지폈다. 훨훨 타오르는 불길을 보면서 안온함이 마음을 편안케 하였고 불길 주변으로 사람들이 모여 앉았다. 따끈한 차를 권하는 일행의 호의가 고맙게 느껴졌고, 사막에서의 차 한 잔의 향기는 조금 전의 불안함을 잊어버리기에 충분했다.

  "타다닥, 타 닥."

  타들어가면서 불꽃이 사막에 있는 이들 주변에 어두움을 몰아내었다. 상인들은 돌아가면서 불침번을 섰고 그 이유는 상인들의 물건을 탐하는 도둑들이 있다고 했다. 이런 곳에도 도둑이 있다니 사람 사는 곳은 다 마찬가지인 모양이었다. 수행자는 천막에 마련된 잠자리에 들어가 일행과 함께 나란히 누워 깊은 잠에 빠져 버렸다. 멀리서 사막여우의 울음소리가 들리는 듯 했다. 잠에 취한 듯 꿈에 취한 듯 비몽사몽 꿈속을 헤집고 몸이 어디론가 날아가는 듯 했다.

이때, 누군가 수행자를 몹시 흔들어 깨웠다. 게슴츠레 눈을 뜨고 보니 웬 여인이 잠을 깨우는 것이 아닌가. 일행들은 깊은 잠에 빠졌는지 인기척이 없다. 수행자는 홀린 듯 여인이 천막 밖으로 나가자 따라나섰다. 여인은 앞서 가다가 잠시 뒤를 돌아보더니 계속 따라오라고 손짓을 하였다. 갈수록 천막과의 거리가 멀어지는 줄 모르고 여인의 뒷모습에 홀린 듯 계속 쫓아가니 제법 우거진 나무가 보였다. 이런 곳에 나무숲이 있다니 정말 믿어지지가 않았다.

이 여인이 도대체 어디서 온 것일까.

수행자가 잠시 멈칫하며 두리번거리는 모습을 본 여인은 재촉하듯 계속 따라오라고 손짓 한다. 저만치 작은 정원 같은 곳이 숲을 이루고 있었다. 그리고 그 중앙에는 작은 호수 같은 것이 눈에 띄었다.

호수주변에는 알 수 없는 꽃들이 피어있었고 꽃향기가 코를 자극

시켰다.

그 꽃향기와 미묘한 사향 같은 냄새가 주위에 진동하였다. 향에 취한 듯 기분은 몹시 상쾌했고 조금 더 걸어 들어가니 문 입구가 보였다. 얼기설기로 엮어진 듯 발이 쳐진 문 앞에 다가가 발을 손으로 올리자 그곳에는 왠 남자 두 사람이 수행자를 반가이 맞아주었다. 그들은 수행자에게 식탁에 앉으라고 권했고 알 수 없는 차를 따라주며 시중을 들었다. 차를 한 모금 마시자 온몸에 짜릿한 기운이 감돌았고 팔다리가 풀리는 듯 흐느적거렸다. 이때 안내하던 여인이 다가와 그의 얼굴을 손끝으로 살짝 스치는 것 같더니 귓볼을 살짝 건드리며 알 수 없는 미소를 지으며 스쳐 지나가는 것이 아닌가. 그리고는 안채로 들어가는데 그 모습이 너무 아름답고 유혹적이다. 하늘빛의 하늘거리는 옷 사이로 그녀의 몸매가 흐르는 듯 넘실거렸고, 눈빛은 별빛을 닮았다.

갑자기 가슴이 뛰며 피가 거꾸로 솟는 듯 손에 땀이 흘렀다. 그녀가 들어간 곳으로 따라 들어갔다. 안채에는 잘 꾸며진 꽃들로 가득 찼고 그 중앙에는 양탄자가 깔려있었다. 그녀는 양탄자위에 살포시 걸터앉아 있었고 그를 보자 가려진 머리에 쓴 너울을 벗고 그에게 곁에 오라고 한다.

그가 그녀 곁에 다가가 그녀의 머리를 그가 살포시 매만지며 안으려고 하자 그녀가 잠시 주춤하며 그를 밀쳐냈다. 그녀가 처음으로 입을 열었다. 이곳에서 영원히 나와함께 살기를 바라느냐고 그에게 말했고 그는 영원히 함께하자고 그녀에게 말했다. 그는 이미 그녀의 아름다움에 취하여 자신이 무슨 말을 하고 있는지조차 구분이 안 된 상태였다.

그녀의 입가에 미소가 흘렀다. 그녀는 일어서더니 뇌쇄적인 눈빛으로 그를 보면서 온갖 꽃들이 피어있는 정원 안으로 들어갔다. 그는 그녀가 도망갈 새라 그녀를 한없이 따라갔고 그녀에게서 잠시도 눈을 뗄 수가 없었다.

저만치 연못이 보이자 그녀 몸을 감싸고 있던 너울이 저절로 바닥으로 흘러내렸다. 그리고는 그녀의 나신이 연못 속으로 들어가는 것이 아닌가. 그녀를 붙잡으려고 그도 따라 들어갔지만 그녀의 모습은 물속으로 사라져버렸다.

그가 연못을 나와 정원을 몇 바퀴 돌았지만 그녀는 없었다. 몸이 지쳐갈 쯤 마치 홀린 것 같은 두려움에 휩싸였다. 그녀가 정원 어딘가에 마치 숨어있는 듯 그는 그 자리를 떠나지 못하고 주저앉아 버렸다. 몸이 나른해지면서 서서히 정신이 몽롱해졌다. 몸이 붕 뜨는 것 같더니 자신도 모르게 잠이 들었고 그는 꿈속에서도 그녀를 여기저기 헤매며 찾아다녔다. 그리고 그가 눈을 떴을 때는 황량한 모래사막에 홀로 누워있었다. 정신을 차리고 주위를 둘러보았지만 지난밤에 보았던 나무숲과 정원은 아무데도 없었다. 그가 누워있던 자리에는 그녀가 머리에 두르고 있던 너울만이 그의 곁에서 하늘거리고 있었다. 알 수 없는 수수께끼처럼 풀 수가 없는 일이었다.

너울을 손에 쥐고 모래를 털고 일어났다. 입었던 옷이 흥건하게 젖어있었다. 그럼 꿈이 아니란 말인가. 이런 저런 상념에 빠져 걷고 있었고, 발바닥 느낌에 더운 기운이 순간 올라왔다. 방향을 잡아야겠다는 생각에 주머니 속을 보니 나침반이 손에 쥐어졌다. 나침반 방향을 가리키는 쪽으로 걸었다. 날이 덥기 전에 빨리 상인들 일행을 찾아야했기에 마음이 급해졌다. 하지만 한참을 걸어도 걸어도 일행은 보이지 않았다. 간밤에 도대체 그녀를 얼마나 쫓아왔는지 알 수가 없어 너무나 답답하였고 모래사막에서 자신을 내려다봤다. 여기서 죽으면 아무도 모르게 그냥 모래 속에 사라져 버리면.... 정말 생각만 해도 끔찍했다.

사막에서 길을 잃으면 이렇게 되는구나 하고 생각하니 이제야 떠나올 때 여행을 말리던 도반들의 마음을 이해할 것 같았다. 한 발 두 발 내딛는 발걸음이 무거웠고 마치 모래 속에서 누군가 발을 잡아당기는 느낌이었다. 순식간에 공포가 밀려오면서 온몸에 비 오듯이 땀이 흘렀다.

손에 들고 있던 너울로 땀을 닦고 또 닦아도 계속 흘러 온몸을 적시고 있었다.

이때 모래바람이 불기 시작하는 것이 아닌가. 큰일이다. 모래바람이 거세지면 모래 속에 자신은 묻혀질 것이다. 덜컥 겁이 났다. 이때, 저만치 사람 같은 물체가 보였다. 소리를 질러 봤지만 대답이 없다. 푹푹 빠지는 발로 사력을 다해 기다시피하여 다가갔다. 사람이었다. 반가움에 일행일거라 생각했지만 아니었다. 그들은 모래바람 때문에 잠시 쉬고 있는 사람들이었다. 그들에게 다가가 낙타와 상인 일행을 본적 있냐고 물어봤지만 그들은 본적이 없다고 말했다. 그들은 집시라고 했다. 사막에서 살아가는 집시 일행은 가족 단위로 움직이는 것 같았다.

어쩔 수 없이 그들에게 사정을 얘기하고 상인 일행을 만날 때까지만 함께 지내기로 하였다.

집시들은 그를 전혀 경계하지 않았다. 그들이 천막을 치는 것을 그가 도와주자 친절한 눈빛으로 대해 주었고 여인들은 천막 안에서 밀가루를 반죽하여 얇은 빵을 구워내었다. 불 가까이 빙 둘러 앉아 그들과 함께 음식을 놓고 같이 먹으며 차도 함께 마셨다.

자기네들끼리 무엇인가 손사래를 치며 열심히 토론하고 있었다. 하지만 그는 앞으로의 일에 걱정스러워 그저 침묵하고만 있었다.

이때 밖에 있던 집시 하나가 저만치에서 말발굽 같은 소리가 들린다며 소리를 질렀다. 그는 반사적으로 얼른 일어나 천막 밖으로 나와 소리가 난 쪽을 보았다. 낙타를 탄 일행 중 한 사람이었다. 그는 반가움에 그에게 달려갔고 상인은 그를 알아보고 안심한 듯 그에게 말했다.

"아침에 출발하려고 보니 당신이 없기에 여기 저기 찾아 헤매었소."

그는 그간에 있었던 모든 일을 말했다. 상인은 고개를 끄덕이더니 상인 일행에서 떨어지지 말라고 신신 당부하였다. 그리고는 상인이 집시들에게 고마움을 표시하자 집시들은 목적지가 상인들과 같다고 말하는 것이었다.

상인 일행이 집시가 머무는 곳으로 오면서 목적지까지 같이 동행하기로 하였다.

　밤이 되어 천막이 여기저기 쳐지고 저녁식사가 끝나자 집시들은 불을 피워놓고 자신들이 가지고 있던 악기들을 연주하기 시작했다. 이 음악에 맞추어 상인들은 하나둘 일어나더니 춤을 추었고, 그도 덩달아 서서 춤을 추었다. 오래전부터 집시들은 외로움도 고독함도 사막에서의 두려움도 춤을 추면서 견디며 살아온 것이리라.

　흥에 도취되어 그들은 마치 축제분위기처럼 하나가 되어가고 있었다. 지쳐서 하나 둘 제자리에 앉게 되었을 무렵 그는 문득 하늘을 보니 하늘 전체의 별빛이 그들 위에 쏟아져 내릴 것 같았다. 어두운 사막에서의 활활 타오르는 불꽃은 별빛에 사연을 담아 교감하는 듯하였다.

　이때, 음악소리가 느슨해지는 것 같더니 피리 소리가 나기 시작하면서 희미한 불빛 너머로 집시 여인이 춤을 추며 다가오기 시작하더니 몸에 착 감기는 듯 너울을 일렁이며 일행을 향하여 춤을 추는 것이 아닌가. 흐느적거리는 몸의 선율은 보는 이로 하여금 흥분하게 만들었다. 연주 소리가 피리소리와 어우러지면서 춤은 점점 빠르게 움직였고, 여인의 몸짓이 빨라지면서 가슴과 허리의 곡선을 타고 땀이 흥건하였다. 여인의 푹 패인 등은 마치 계곡의 물이 흐르는 줄기와도 같았다. 이때 여인이 강렬한 눈빛으로 그를 향해 돌아보더니 다시 너울로 얼굴을 감싸고, 빨려들어 갈 것 같은 눈빛으로 그의 눈을 맞추며 선율에 맞춰 떨면서 격정적인 춤을 추었다.

이때 그는 '아' 하고 신음 같은 함성이 터져 나왔다. 그녀는 마치 타락의 산물 같았다. 춤을 추는 여인은 자신을 유혹하여 사막의 정원에서 같이 보냈던 그 여인이라는 것을 이때 깨달았다.

그는 자리에서 벌떡 일어나 춤추는 여인에게 다가 갔다. 하지만 여인은 그를 향해 강한 눈빛으로 쳐다볼 뿐 얼굴을 가리더니 그에게서 점점 뒷걸음질 치며 그들이 머무는 천막 속으로 들어가 버리는 것이 아닌가. 여인을 따라 가려했지만 함께 있던 집시 일행이 그를 손으로 막으며 제지하는 거였다. 모든 것이 여인에 대한 궁금증에 견딜 수 없었다.

어느새 연주도 끝나고 제각기 천막에서 잠을 자려 뿔뿔이 흩어졌다. 그는 도무지 잠이 오지 않았다. 그는 아침이 빨리 오면 그 집시 여인에게 묻고 싶은 것이 있을 따름이었다. 그리고 잠을 청했다. 별빛이 한 몸이 되어 그는 밤하늘을 날아가고 있었다. 마치 먼 옛날에 사막에서 춤을 추던 그녀와 자신과 사연이 있을 것이라는 생각을 하면서 잠이 들었다. 그리고 꿈속에서 춤을 추던 집시의 여인을 그는 계속 잡으려 애쓰고 있었지만 그녀는 더 멀리 떨어져 있었다.

아침에 누군가 흔들어 깨워서 눈을 떴다. 얼른 일어나 집시들이 머무는 천막주위를 머뭇거리면서 안을 들여다보았다. 그런데 간밤에 본 춤을 추던 그 여인은 없었다. 집시 일행에게 여인의 행방을 물었지만 아무도 그런 여인은 모른다는 것이었다. 그가 아무리 설명을 해도 그들은 고개만 갸우뚱할 뿐이었다. 간밤에 춤을 춘 여인은 다른 집시여인이었다. 그는 마치 귀신에 홀린 것이 분명했다. 궁금증을 풀지 못한 채 상인 일행과 집시 일행은 사막에서의 그 긴 시간을 함께 하고 목적지까지 거의 다 와서야 각자 헤어졌다. 수행자인 그는 도심지에 도착해서야 상인들과 헤어졌고 근처 사원에 머물게 되었다. 사원을 안내하던 수행자가 반갑게 그를 맞이했고, 사막에서의 있었던 일들을 이야기 하기에 이르렀다.

그 수행자는 사원에 머물면서 원인을 알아보라 하였고 그의 뜻을 따라 사원에 장기간 머물 수 있었다.

그는 "이라간타나막하리나야." 를 자꾸 번복하며 독송하였다. 그러자 그는 꿈속에서 청정법신불인 비로자나불을 친견하였다. 그리고 자신의 전생을 보게 되었다.

그가 궁금해 하던 그녀와의 전생을 본 것이다.

그녀는 원래 궁에서 춤을 추던 무희였다. 궁 안에서는 연회가 자주 열렸는데 그녀가 춤을 추면 보는 이가 모두 감탄하였다. 악사들이 연주하는 선율에 그녀는 몸을 감각적으로 움직이는 표현이 다른 무희들보다 뛰어났다. 그녀의 춤에 반한 왕은 그녀를 몹시 총애하였고 필요한 물품을 그녀에게 아낌없이 제공하였다. 다른 궁녀들의 시기 질투가 이만저만 아니었다. 하지만 그녀는 다른 욕심은 없었고 오로지 춤에만 관심이 있을 뿐이었다.

이따금씩 왕은 수행자를 궁으로 불러 들여 법문을 청하는 일이 종종 있었다. 특히 왕이 궁에 자주 불러들이는 국사가 있었는데 국사가 궁에 들어올 때 마다 그림자처럼 따라다니는 한 시자가 있었다. 국사는 그와 어디를 가든 같이 동행하였는데 궁에 들어올 때 마다 궁녀들과 가끔씩 마주칠 때가 있었다. 궁녀들에게 시자가 눈에 띄는 날이면 그녀들이 수근 댈 정도로 그는 인물이 출중하였다. 그러던 중에 왕의 시중을 들던 궁녀가 몸이 아파 왕의 차 시중을 못하게 되자 왕은 환관에게 자신이 총애하는 무희를 불러오게 하였다. 아무 영문도 모른 채 환관을 따라나선 그녀는 환관이 시키는 대로 찻상을 들고 왕에게 나아갔는데 그 자리에는 왕과 국사가 대담 중이었다.

조심스레 다가가 먼저 왕 앞에 찻잔을 놓고 국사 앞에도 찻잔을 놓으며 차를 따랐다. 그리고 그 자리를 살며시 물러나왔다. 환관이

시키는 대로 긴 복도 끝에서 대기 상태로 서있던 그녀를 뚫어져라 쳐다보는 이가 있었다. 그는 국사를 따라온 시자였다.

그도 역시 밖에서 국사를 기다리며 서 있었던 것이다. 그녀를 본 시자는 얼굴이 빨갛게 달아올랐다. 그동안 궁에 여러 번 드나들었지만 그녀처럼 아름다운 여인은 본 적이 없었던 것이다.

달아오른 얼굴을 그녀가 볼까봐 그는 딴 곳을 주시하였다. 하지만 그녀도 시자와 같은 마음이었다. 이때 환관이 부르는 소리에 그는 국사를 따라 궁을 나갔고 이후에도 그녀와 궁에서 마주쳤다. 자연스레 그는 그녀에게 이름을 물었고 이때부터 그녀는 그의 생각으로 속앓이를 하기 시작했던 것이다. 궁으로 다시 그가 들어오면 그녀는 그와 만났으면 하는 바라는 마음이었다.

이때, 평소에 왕의 총애를 질투하던 다른 궁녀가 이런 그녀의 마음을 눈치 채고 의미심장한 미소를 지었다. 그리고는 바로 상전에게 고하여 그녀를 심문하기에 이르렀는데 이 사실이 왕비의 귀에까지 들어가게 되었다.

왕비는 아무도 모르게 무희를 몰래 궁 밖으로 내쫓았다. 왕비는 왕의 총애를 받는 무희가 차라기 왕의 눈에 띄지 않길 바랐던 것이다.

　궁에서 빈손으로 쫓겨난 그녀는 갈 데가 없었다. 부모를 잃고 어린 나이에 궁으로 들어와 살았기에 궁밖에는 아는 사람이 없었다. 그리고 그녀가 할 수 있는건 춤 밖에 없었다. 그러다가 사막을 오가며 교역을 통해 장사를 하는 사람들을 만나게 되었다. 그녀는 그들에게 서쪽에 있는 사원까지만 데려다 달라 사정하였고 그녀는 사원의 그 시자를 찾아갈 작정이었다. 그들은 그녀에게 할 줄 아는 것이 뭐가 있느냐고 물었다. 그녀는 그들 앞에서 춤을 추었다.

　그녀의 출중한 자태와 춤을 보게 된 그들은 그녀와 같이 동행하게 되었다. 그러나 그들은 그녀를 취할 생각이 따로 있었다. 낌새를 알아차린 그녀가 그들에게서 도망쳤다.

　하지만 가도 가도 끝이 없는 사막뿐이었고 그녀는 목이 타들어가는 갈증에 물을 찾았지만 사막에서 오아시스는 찾을 수가 없었다. 그리고는 걷다가 자꾸 소진해가는 체력에 사막에서 쓰러져 눈을 감았다. 그리고는 입속에서 그의 이름을 부르며 차츰 체온이 식어갔다. 그녀는 죽어 영인체가 되었지만 생전의 그리움에 사무쳐 사막을 떠날 수 없었다. 그녀는 국사와 시자가 다시 사막을 거쳐 궁으로 들어갈 때를 기다리고 있었던 것이다.

그를 한 번 만나보는 것이 그녀의 바람이었고 그것이 한이 되었던 것이다. 하지만 세월은 그녀를 쉽사리 그와 만나게 해주지 않았다. 세대가 몇 번 바뀌고 또 바뀌어도 그녀는 그를 지울 수가 없었던 것이다. 그리고 하늘이 허락한 짧은 만남이 이루어졌던 것이다. 하지만 그는 수행자였기에 더 이상 그와의 삶이 허락될 수가 없었다.

그녀의 애달픈 사연을 안 수행자는 자신 때문에 그 많은 세월을 고통 속에서 지낸 그녀를 가엾게 여겨 그녀의 성불을 기원해주리라 마음먹고 사원에 무작정 머물기로 하였던 것이다.

기다림이란 얼마나 고통스러운 것인가. 그는 수행자라면서 자만심에 도취되어 살아온 자신을 그녀의 고통을 보면서 뼈저리게 뉘우쳤다. 그리고 그녀의 혼을 위하여 또한 자신의 성불을 위하여 수구성취다라니를 시작하였고, 죽을 때까지 하기로 마음먹었다. 그녀가 천인으로 환생하기를 바라면서 이 다라니는 계속 이어져 갈 것이다.

어쩌면 종교란 체제가 아니라 깨우친 수행자들에 의해서 지켜나가는 것이리라.

천생天生

여덟 살 아이가 보는 세상은 궁금증 투성이었다. 하지만 아무도 이 아이에게 관심을 갖지 않았고 아이는 주변에 있는 사물을 관찰하면서 어른에게 질문을 하였지만 속 시원한 대답을 들을 수 없었고 오히려 핀잔만 주기 일쑤였다.

"조그만게 못하는 소리가 없네. 한 번만 더 엉뚱한 소리를 하면 혼날 줄 알아."

기대와는 달리 어른들의 기세에 눌리어 아이는 혼자서 들과 산을 다니면서 관찰하였다.

바람소리, 나뭇잎이 서로 부대끼어 스치는 소리, 작은 풀벌레들 소리, 큰 나무위에 새들의 소리, 자연이 보여주는 계절은 아이에게는 모든 것이 시작과 끝이 어디 있는지 궁금증만 더해 갔다.

그해 여름밤이었다. 마당에 모깃불을 놓고 평상에서 밤하늘 별을 헤이다 잠이든 아이는 꿈을 꾸었다. 밤하늘에 둥근 달이 눈이 부실 정도로 온 세상을 비추어 대낮같이 환할 정도였다.

그때 동쪽하늘에서 서쪽 하늘로 이어지는 무지개다리가 생기는 것이 아닌가?

울긋불긋한 무지개 원형모양의 다리였다.

어디선가 연주하는 악기 소리가 들리더니 선녀들이 무지개다리를 타고 연주를 하면서 춤을 추었다. 그 모습이 너무도 황홀하여 한참을 바라보았고 마치 아이만을 위한 선녀들이 공연을 하는 것 같았다. 세월이 흘러 그 아이는 중년에 접어들었고 불교 경전 공부를 하면서 끝없는 일상생활에 지쳐갈 무렵 관세음보살의 가피력인지 법당에서 염불 삼매에 탈혼 상태가 되어 저승에 도착하였다. 그곳은 엄청 높은 산 꼭대기였고, 그 아래를 내려다보니 어렸을 때 꿈에 보았던 선녀들이 사는 곳이었다. 낭떠러지 꼭대기에 서서 선녀들을 보고 있으려니 그 아래에는 잔잔한 강물이 흘러가고 있었다.

선녀들은 옆구리에 바구니를 한 개씩 끼고 있었고, 그 안에는 꽃잎을 가득 채우고 있었다.

강물 위에서 여러 명의 선녀들이 둥근 원형 모양으로 손을 잡고 있었는데 그 때 어디선가 영이 깨끗한 처녀 영혼이 날아오더니 똑바로 누운 자세로 선녀들이 있는 강물위 물가로 살포시 내려 앉았다. 선녀들은 기다렸다는 듯이 이 영혼 몸 위로 꽃잎을 계속 뿌려줬다. 이 광경을 한 참 신기한 듯 바라보고 있을 때 선녀하나가 꼭대기 위를 올려다보고 누군가 보고 있다는 생각에 화들짝 놀라는 것이 아닌가?

"저기 사람이다. 살아있는 사람이 이곳에 오면 안 되는데 어떻게 이곳에 들어온 거지?"

선녀들은 일제히 꼭대기를 보며 소란스러웠다. 이곳은 깨끗한 처녀 영혼이 천녀(天女)로 다시 환생하는 곳이었던 것이다. 선녀들은 이러한 사실을 알고 처녀영가를 기다렸던 것이다. 이 영가는 천인으로 다시 태어날 운명이었다.

이때 내 영혼은 순식간에 제자리로 돌아올 수 있었다.

인연의 수레바퀴

1999년에 가장을 잃고 여자 혼자서 가정을 꾸린다는 것이 정말 힘들었다. 예전에는 의식주만 해결되면 된다고 생각했지만 지금은 교육문제가 가장 힘든 것이다. 남편이 죽고 첫제사에 차례상을 차려놓았다. 며칠전부터 잠을 설쳐 지친 몸을 잠시 부엌 벽에 기대어 꾸벅꾸벅 졸고 있었다. 조금만 눈을 붙이고 일해야지. 생각하면서 순간 잠이 쏟아졌다. 내 몸은 갑자기 공중으로 둥둥 떠올랐다. 공중에서 남편 제사상을 바라보고 있었다. 흰 한복을 입은 수염이 긴 할아버지를 중심으로 이미 오래전에 죽은 조상 영가들이 상 둘레에 빙 둘러 앉았다. 도대체 누구일까? 궁금해 했는데 이집 조상들이라고 했다. 영가 조상님들이 남편의 첫 제사에 모두 온 것이었다.

나는 이집 시조에게서 이 모든 상황의 연유를 물었다. 그러자 시조 영가가 하는 말씀이,

"남편이 죽으면 세상에서 적어도 10년은 수절하고 살아야하니 명심하여라."

그런 말을 남기고 조상 영가들은 홀연히 사라졌다.

예전에 노모에게 들었던 얘기가 생각났다. 이 집 시조께서 자식이 없어 집안에 대가 끊기려 하자 절에 가서 부처님께 천일기도 끝에 아들을 낳았고 그 자손들이 지금의 일가를 이루었다고 한다. 하지만 차츰 살면서 자손들은 그런 기억을 잊어버리고 있었다.

나는 살던 집에서 조금 멀리 이사하게 되었고 10년 넘게 사람들과의 거리를 두고 살게 되는 환경으로 바뀌게 되었다. 이 시기에 불법 공부에 매진하게 되었고, 염불 삼매에 들어 나는 저승길을 오고 가는 일이 빈번하여 아홉 번이나 왕래하는 일이 일어났다.

남편이 죽은 뒤 12년 후, 어느 날, 탈혼 상태가 되어 나는 저승길을 걷고 있었다.

"여기가 어디인가?"

인적이라곤 찾아볼래야 찾아볼 수 없었다. 온통 잿빛이다. 온통 나무숲으로 우거져 있는 산림만이 보일 뿐이다. 그 중앙에 길이 끝없이 나 있다. 나는 길을 끝없이 가다가 작은 마을에 도착했다. 누군가 집 앞에서 나를 오라고 손짓한다. 가던 길을 멈추고 자세히 보니 죽은 남편이었다. 나는 순간 반가운 마음에 달려가 손을 잡으려 했지만 남편은 한 걸음 물러서서 거부 반응을 보이는 것이 아닌가? 그리고 저만치 구석진 자리에 이 상황을 지켜보는 이가 있었다. 남편이 서있는 여자를 오라고 손짓했다. 그녀가 다가오자 남편은 나에게 소개를 시켰다.

"로사야. 내 아내다."

순간 나는 멍해졌다. 여기는 저승인데 결혼해서 살 수도 있구나 하고 그제야 깨달은 것이다.

남편과 살고 있는 그 여자는 인도 여자였다.

나는 그 여자에게 악수를 청했지만 그 여자는 손을 뒤로 감추었다. 그 여자는 내 눈을 똑바로 보지 않았다. 아니 외면해 버렸다.

남편이 말했다.

"로사야. 이젠 우리 부부 인연은 풀렸으니 네가 살아가는 데 장

애가 없을 것이다." 그리고는 그 여자를 지그시 바라 보았다.

"12년 만에 저승에서 만나서 할 말이 그것 밖에 없나요?"

남편은 더 이상 말을 하지 않았다.

순간 서글품과 섭섭함이 엄습해 왔지만 그들을 뒤고 하고 나는 눈물을 글썽이며 뛰다시피 길을 달렸다. 지칠 때까지 뛰었는데 어느 순간 큰 우물 같은 구멍 속으로 빨려 들어갔고, 나는 이 세상 제자리로 돌아왔다. 나는 한동안 저승에서 남편과 살고있는 여자를 잊지 못했었다. 그리고 사람은 생전에 살아 있을때의 감정이 죽어서도 이어진다는 것을 알았다.

저승세계의 영가는 이승 부부 인연이 끊기면 아무 미련도 갖지 않는다는걸 깨달았다. 살아있는 사람의 감정은 감성적이다. 그러나 이미 죽은 영가의 감정은 냉정하리 만치 이성적인 것이다. 이기적이리 만치 영가의 입장만 표명하는 것이다. 그래서 영가의 마음을 알고 풀어주면 살아있는 사람에게는 영가에게 베푼 만큼 삶이 편한 것이다. 이것이 내가 저승에서 남편을 만난 후 깨달은 것이다.

약사여래불

스승님과 나의 인연은 참으로 각별하다. 내가 몸이 아파 죽을지도 모른다는 생각에 스승님을 처음 뵈었을 때 나는 아픈 원인을 찾으려고 애를 썼고 궁금증에 참을 수 없어 끝없이 질문을 하는 데에도 스승님은 그저 나를 빤히 바라보고는 침묵하고 계셨다. 세상에서 고치지 못하는 병이 어디 있겠냐며 연유를 묻자 한참만에야 입을 여셨다.

"당신 병은 당신이 고치시오. 이 세상에 그 병을 고칠 사람은 아무도 없소."

그 말에 나는 황당하기도 하고 어이가 없어 말문이 막혔다. 그리고는 말씀을 덧붙였다.

"이제부터 내가 하는 말을 잘 들으시오. 내일부터 법당에서 부처님 먼저 뵙고 나를 만나러 오시오. 내 힘으로 할 수 있는 것은 더이상 없소. 혹시 당신 질문에 부처님이 알려 주실 수 있을 것인지…"

말끝을 흐리고는 스님 거처로 발길을 돌리셨다. 막연하게 별도리가 없었던 나는 다음날부터 매일 법당에 우두커니 앉아서 석가모니 불상만 바라보다 집으로 돌아오기는 했는데,

어느 날 부터인가 아픈데가 서서히 나아짐을 느꼈다. 서서히 씻은 듯이 치유가 된 것이다.

그때서야 나는 정식으로 불상 앞에 108배의 절을 하였다. 절이 끝나고 법당 바닥에 엎디어 그렇게 있다가 잠시 잠이 들었던 것같다. 멀리서 개 짖는 소리가 들렸다. 그 소리를 따라 나는 한참을 어디론가 가고 있었다. 길을 따라 한참 걷다보니 어느새 나는 숲을 헤메고 있었다. 숲을 지나자 산이 보이고 나는 산을 계속 오르고 있었다. 산꼭대기까지 올라오자 평평한 대지가 보였다. 넓은 그곳은 잔잔한 노란색 꽃이 지천으로 피어 마치 황금물결 같았다. 노란 꽃

잎들은 서로가 대화하는 듯이 한들한들 춤추듯 작은 물결처럼 바람의 방향에 따라 이리저리 방향 감각을 잃은 듯 흔들거렸다. 나는 손끝으로 이 꽃들을 살포시 매만졌다. 너무 부드러워 손가락 사이로 빠져나가는 촉감을 가만히 눈을 감고 느껴보니 꽃들과 한 몸이 된 듯하였다. 산꼭대기에 이런 곳이 있으리라고는 아무도 모를 것이었다. 인적이라곤 찾아볼 수 없는 이 광대한 평원을 걷다가 한 그루의 나무를 발견하였다. 그런데 나무가 잎이 없고 앙상하게 가지만 남아 있는 죽은 나무였다.

흉할 정도로 마치 사람 뼈대만 있는 시체와 같이 느껴졌다. 죽은 나무 주변을 살폈다. 나무 옆 근처에 제법 키가 큰 알 수 없는 꽃 한 송이가 피어 있었다. 살며시 다가가 손으로 그 꽃을 꺾어다 앙상한 가지만 남은 나무 가지 중앙에 꽂아 놓았다. 잠시 후 죽은 나무 가지에 잎을 하나씩 틔우더니 나무가 전체적으로 무성한 잎으로 살아나는 것이 아닌가? 마치 오므렸다 꽃망울이 꽃잎을 활짝 틔우듯 한다.

믿을 수 없는 광경이었다.

"어떻게 이런 일이."

꽃 덕분에 살아난 나무는 엄청 큰 나무로 변화되었고 어디선가 날아온 새들이 나무 가지에 몰려 앉아 지저귀고 있었다. 나는 멍하니 나무를 바라보고 있었고 탁, 탁, 탁. 세 번 치는 소리에 눈을 번쩍 떴다. 법당에서 경험한 것을 스승님께 조심스레 말하니 스승님께서 일찍이 젊은 시절에 나도 그런 꿈을 꾸고 난 뒤 병 고치는 능력을 받아 약사여래불을 모시게 되었다고 나에게 설명을 해주셨다 스승님과의 불가 인연으로 사제지간으로 지낸 뒤 스승님은 지병으로 이승을 하직하고 나는 내 일상에 바쁜 나날을 보냈는데 최근 법당에서 염불 삼매에 들었다. 밤이었는데 현관문 밖에서 내 귀에 큰소리가 세 번 들렸다.

"내가 약사여래불이다. 약사여래불이다. 약사여래불이니라."

나는 얼른 일어나 현관문을 열었는데 밖은 깜깜하여 아무도 없었다. 사방이 울리는 목소리만 들었던 것이다. 문을 닫고 염불을 계속하는 데 이번에 스승님의 목소리가 들렸다.
"나를 찾아오너라."
눈을 뜨고 주위를 살피니 법당엔 아무도 없었다. 그날 밤 꿈에서 스승님을 뵈었는데 그 당시 있던 공양주 보살도 함께 보였다. 그리고 절문 앞에서 대화소리가 들렸다.

"형님 오늘 이절에 손님이 오는 것 같소."

스승님은 고개만 끄덕일 뿐 말이 없었다. 당시 개인적으로 공양주 보살은 스승님과는 형님 아우 하는 사이었던 것이다. 나는 이후에 스승님이 기거하던 절을 찾았다. 지금은 주지가 다른 스님으로 바뀌었고 법당에는 개금한 불상이 그대로 있었다. 그런데 불상의 모습이 많이 달라보였다. 주지 스님께 약사여래불 불상에 대해 여쭤보니 법당 끝 쪽에 모셔져 있었다. 개금불사를 하여 표정이 달라져 있었던 것이다. 주지스님과 차 한 잔을 하고 돌아왔는데 며칠 후 스승님이 꿈에 또 나타나셨다. 말씀은 안하시고 스승님이 모시던 약사여래불을 가리키신다. 나는 한숨이 나왔다. 어떻게 하란 말인가? 다시 절을 찾았다. 현재 주지 스님께 조용히 조심스레 말을 건넸다.

"스님, 거두절미하고 말씀드리겠습니다. 앞전에 여기 왔을 때, 제가 전에 있던 스승님 제자였다는 말씀은 이미 드렸고 오늘 이절에 온 이유는 이렇습니다. 제 스승님이 꿈에 나타나 스승님이 모시던 약사여래불을 지적하시더군요. 필시 제자인 제가 약사여래불을 모시라는 뜻으로 받아들였습니다. 주지스님께서 만약 제 생각을 이해하신다면 연락을 주십시오. 허락하고 안하고는 주지 스님 마음에 달린 것이니 저는 이만 가보겠습니다. 연락 주십시오."

하고 명함만 내밀고 돌아왔다.

2014년 7월 어느 날 법당에서 나는 염불 삼매에 들었다. 매일 다니던 길처럼 나는 바삐 어디론가 발걸음을 재촉하고 있었다. 자꾸만 걸어도 멀게만 느껴지는 거리. 한참을 가다가 숲으로 우거진 산야가 눈앞에 펼쳐졌다. 길을 따라 우거진 나무들의 바람결에 흔들리는 소리를 나는 듣고 있었다.

'쏴아. 사라 락.'

빛이라고는 없는 곳, 음산한 기운마저 감도는 숲은 사람의 그림자조차 짐승의 그림자조차 없는 곳인 듯 했다. 새소리도 나지 않았고 벌레 울음소리조차 나지 않았다. 나는 그 길을 한없이 걷다가 늦었다는 강박관념에 사로잡혔다. 저만치 큰 건물하나가 보였고 꽤 오래된 건물은 너무 단조롭다. 아니 건물이라기 보디 거대한 바위 같이 느껴지는 건 왜 일까? 건물에 입구인 것 같은 문이 보였다. 나는 문을 열고 안으로 들어갔다. 마치 내가 매일 이곳에 온 것 같은 느낌이었다. 돌계단을 따라 한참 올라가자 저만치 안채가 보였다. 제법 큰 방에는 똑같은 잿빛 옷을 입은 사람들이 방안 가득 앉아있었다. 그 중앙에 스승인 듯한 사람이 앉아서 환자를 돌보고 있었다.

나는 늦게 도착하여 송구스런 마음으로

"늦었습니다."

하고는 스승 앞에 앉았다. 스승은 중년의 나이처럼 보이는 여자 환자에게 고개를 숙이게 하고 목 뒤에다 칼로 작은 상처를 내더니 상처를 낸 곳에서 집게로 뭔가를 끄집어내었다.

그러자 어떤 살점같이 뭉쳐진 것이 나왔다. 자세히 보니 검은 머리털이 뭉쳐지고 피부와 응고된 피가 섞인 물질이었다. 스승은 다른 제자들이 있음에도 불구하고 나에게 그것을 자세히 보여 주고 나서 말하였다.

"네가 이것을 먹어라."

나는 이때 스승의 뜻을 알아차렸다. 초월적인 상상을 뛰어넘어야 환자를 포용할 수 있다는 뜻이었다. 나는 입을 벌려 그것을 혀로 받아 맛을 천천히 음미하기 시작했다. 비릿하고 썩는 냄새와 물컹한 물질이 입속에서 맴돌았다.

나는 이내 씹어서 목으로 삼켰다.

스승이 물었다.

"시체 썩는 맛이 어떠냐."

나는 아무 말도 하지 않고 스승께 고개만 끄덕거렸다. 여자환자
가 고개를 들더니 스승께 질문을 하였다. 진언과 경을 외우면서 내
일부터 치료하면 어떨까요? 그 말에 스승은 고개를 끄덕였다. 그리
고는 내입에서

"바나마 하따야 사바하 자가라 욕다야 사바하."

하는 소리가 나왔다.

약왕보살 약상보살을 부르는 소리를 나는 계속 하면서 눈을 떴
다. 환자를 돌보던 스승이 바로 약사여래불이었던 것이다. 내가 약
사여래불을 친견했으니 현재 지금 모셔야하는 이유인 것이다.

천수관세음보살

19년 전 해운대 달맞이 길을 올라가다보면 해운대 바다가 한눈에 내려다보이는 전망대가 있다. 그해 봄날인데도 바람이 몹시 분 탓인지 전망대에는 사람들이 없었다. 나는 그 지역에 갈일이 있어 차를 타고 가다가 풍경이 너무 좋아 차를 세우고 잠시 걸었다. 전망대에 서서 끝없이 펼쳐진 바다를 보며 나도 모르게 감탄사가 절로 나왔다. 가까이서 보는 바다는 파도치는 모습만이 전부일거라 여겼던 것은 내 기우였다. 이곳 전망대에서 보는 바다는 잔잔하고 끝없는 장관에 나는 감탄하고 있었다.

햇살에 비친 바닷물이 은빛으로 반짝이고 있었다. 황홀하여 넋을 잃고 바라보다가 해가 저물 무렵 아쉬움을 뒤로한 채 그 자리를 떠났다. 그날 밤 꿈을 꾸었다. 낮에 갔던 해운대 전망대에 내가 서 있었다. 바다모습은 낮에 보았던 경관이 똑같이 느껴졌다. 잔잔한 바다 물결이 둥근 원형을 커다랗게 그리더니 그 중앙에 천수관세음보살이 물위로 올라오는 것이 아닌가.

엄청나게 장대하고 크신 모습이었다. 내가 바다를 보고 있는 절반크기의 모습으로 천수관세음보살 허리부분까지만 올라오시다가 멈췄다. 나는 전망대에서 천수관세음보살을 정면으로 눈을 떼지 않고 응시하고 있었고 천수관세음보살은 나를 보며 미소를 지으셨다. 이때 내가 맨 처음 천수관세음보살을 친견한 것이다. 불교에 입문하고 관세음보살상을 모시게 된 계기가 되었다.

관음상을 모시고 부터 많은 것을 알려주셨다. 어느날 저녁 관음전 다기에 물을 올리고 있었다.
이때 관음상에서 어떤 암시를 전달 받았다. 그 소리는,

"창고에 가보아라."

나는,

"예?"

하고 되물었다.

하지만 더 이상 들리지 않았다. 그래서 궁금하여 창고에 가보았다. 안을 둘러보아도 알 수가 없었는데 문득 창고에 있는 찬장문을 열어보니 그 안에 보따리가 있었다. 보따리를 풀어보니 그안에는 아뿔사!

초상 때 입었던 상복들이 가득 뭉쳐져서 나오는 것이 아닌가?"

나는 너무 놀라서,

"도데체 누가 상복을 여기에 갖다 놓은거지."

하고 생각해보았다.

그리고 혹시나 하는 마음으로 노모에게 물어보았다.

"초상 때 입었던 상복을 무엇 때문에 창고에 넣어두셨어요? 태

웠어야지요. 이런걸 왜 집에 두시냐고요?"

그러자 노모는 태우기가 아까워서 보따리에 쌓아 놓았단다. 그것도 이사올 때 전에 살던 집에 있던걸 노모가 가져온 것이다.

나는 이날 보따리를 풀어 상복들을 다 태워버렸다. 상복을 태워야 한다는 것을 관세음보살께서 나에게 알려주신 것이다.

천수관세음에 대한 일화가 있다.

옛날에 사람들에게 칭송이 자자한 덕망 높은 스님이 있었다. 100일기도, 1000일기도가 끝나면 한 번씩 마을에 내려와 필요한 물품을 구하고는 다시 절로 향했는데 그날은 시장구경을 하기로 마음먹고 제자와 길을 나섰다. 그러던 중 마을 골목어귀에서 젊은 부부와 눈이 마주쳤다. 남편이 아내의 손을 잡고 아쉬운 듯 바라보고 있었는데 장사를 하러 떠나는 것 같았다. 이때, 승려가 혜안으로 그녀의 혼을 보니 천년된 구렁이가 사람의 모습으로 변신한 것이 눈에 보였다. 근처에서 승려가 보고 있다는 사실을 모른 채 남편을 배웅하고 여인은 집안으로 들어갔다. 승려는 갑자기 불안하였고, 장사 길에 나선 그 젊은이를 따라갔지만 찾지 못하고 그냥 돌아갈수 없어 그 집 문밖에서 여인에게 물 한 그릇 달라고 청하였다. 여인이 물그릇을 들고 나오며 승려를 보자 흠칫 놀라서 뒷걸음치다시피 하였다.

그때 승려가 여인에게 말하기를.

"어찌 미물이 사람을 희롱하는가? 어서 사람허물을 벗고, 본래
의 네 자리로 돌아가라."

이때 여인이 승려에게 말했다.

"이보시오. 나도 사연이 있어 사람과 어렵게 부부인연을 맺었으
니 참견마시고 그냥 가시오."

그리고는 대문을 잠궈 버렸다. 승려가 한숨을 쉬면서 시장을 여
기저기 수소문 한 끝에 그 젊은이를 찾아내었다. 순진한 젊은이는
"어찌 저를 찾으십니까?"
어리둥절하며 자신을 찾는 연유를 물었다.

승려가 그간의 일을 말하려 했지만 도저히 입이 떨어지질 않았
다. 그리고는 젊은이의 얼굴 빛이 심상치 않음을 보고 단명할 것을
알고는

"젊은이 몸은 괜찮으시오?"

"네 전 괜찮습니다."

"젊은이에게 부탁이 있어 그러는데 들어주시겠소?"

"말씀하십시오. 스님."

"저와 함께 절에 같이 갑시다. 제가 젊은이에게 할 말이 있소."

"예, 그러지요."

젊은이를 설득한 승려는 잰걸음으로 젊은이를 데리고 절에 도착했다. 젊은이를 밖으로 나오지 못하게 가두고는 문밖에서 젊은이에게 이렇게 하는 연유를 설명해 주었다.

"젊은이가 제명대로 살려면 여기서 한 달만 버티시오. 절대 밖으로 나오면 안 되오."

처음에는 젊은이가 집으로 보내달라고 애원하더니 시일이 지나자 집에 가는 것을 포기하고 합장하고 관세음보살정근만 계속 하였다.

한편 남편이 집으로 돌아오지 않게 되자 그 아내는 남편이 절에 있다는 걸 알게 되었다.

들쥐 한 마리를 잡아 뱀의 본성으로 다그치자 들쥐가 모든 사실을 말해준 것이다. 들쥐는 뱀이 목숨을 살려준 댓가로 그 남편 있는 곳을 세세히 알려주었다. 여인은 사람의 탈을 벗고 뱀의 몸으로 변하여 남편을 찾으러 절로 향했는데 절 꼭대기에서 합장하고 가부좌 자세로 있는 승려를 발견하고는 승려를 뱀의 몸으로 공격하려고 하자 바위처럼 승려는 꿈쩍도 하지 않았다. 승려의 도력도 그만큼 센 것이었다. 이때 뱀이 근처 바닷가를 보더니 엄청난 크기의 파도와 해일이 일어나게 하여 절과 마을을 물속에 수장시키려 하였다. 물속에 절이 잠기고 수행하던 승려가 전부 물에 빠졌다. 물속에서 살려달라고 아우성이었고, 이로 인해 마을은 물바다가 되어 많은 사람들이 피해를 입고 재산이 모두 물에 잠겨버렸다. 상황이 어수선한 틈을 타서 뱀은 남편을 찾아내어 남편을 데리고 나가려고 했는데 이를 승려가 보고 끝끝내 막고 버티자 승려를 뱀이 큰 입을 벌려 삼키려 하였다. 이때 승려가 천수관세음보살의 진언을 외우자 천수관세음보살의 커다란 손이 공중에서 나타났다. 그리고는 그 손으로 뱀을 멀리 던져버리고 바다의 해일을 멈추게 하여 다시 바다는 잔잔해졌다. 마을은 서서히 물에 빠지기 시작했고 물속에 빠졌던 승려는 한명도 목숨을 잃지 않았다. 이때 주지 승려가 한탄하였다.

법당안에 많은 승려들이 보는 앞에서 불상 앞에 엎디어 말하기를

"소승이 부덕하여 큰일을 벌였습니다. 사람의 인연이든 미물이

든 그 마음을 헤아리지 못하고 내 좁은 식견으로 보아 더 큰 희생을 자초하였습니다. 모든 것은 업으로 되돌아오는 것. 나는 이 이치를 더 깨닫기 위하여 다시 산속으로 들어가겠나이다."

그리고는 승려가 홀연히 떠나버렸다. 뱀의 혼백은 수 백 년을 참회하게 하였고, 젊은이는 이절에서 사미승이 되어 수련에 정진하며 살게 되었다.

천수관세음보살의 위력은 사람이 생각하고 있는 것의 이상이다. 그 가피력은 이루 말할 수 없는 것이다.

2013년 천수관음도를 모시고 난 뒤 법당에서 저녁예불을 마치고 잠시 눈을 감고 있었다. 그때 나이든 할머니와 중년 여인이 천수관음도 앞에서 절을 하며 합장을 하고 있었다.

한참을 그들은 천수관음도 앞에서 기원을 하더니 홀연히 내 눈앞에서 사라졌다. 그들이 누구입니까 하고 물으니 천수관음도가 완성되어 처음 법당에 모셔졌을때 지극정성으로 공을 쌓았던 사람들이고 했다. 그들은 티벳 사람들이었던 것이다.

황등 皇燈

한 고을에 빼어난 미모를 지닌 처녀가 있었다. 귀족 가문이었지만 관리로 있던 아버지가 정치적 세력에서 밀려나면서 가문은 점점 갈수록 몰락하게 되었다. 지지세력이 없어지면서 대립되어있던 동료로 인해 억울한 누명을 쓰게 되어 아버지는 홧병으로 자리에 눕고 말았고, 달이 지나도 아버지가 병석에서 일어날 희망이 없자 그의 곁을 지키던 수족들마저 하나둘 떠나버리고 살림살이까지 어려워지자 불안한 하인들은 갖은 핑계를 대며 하나 둘 떠나서는 돌아오지 않았다. 집을 지키던 장정들도 떠나버려서 집안에는 그야말로 쓸쓸하기까지 하였다. 조석으로 아버지께 정성을 다해 올리던 죽마저 계집종이 멀건 물처럼 올리자 순간 화가 난 처녀는 계집종에게 다그치며 눈을 치켜뜨며 말했다.

"내 아버님이 너희들에게 부족하게 해준 것이 있더냐? 어떻게 이럴 수가 있느냐? 너희 가족들을 다 보살펴 주었음에도 불구하고 아버님이 의식이 없다 하여 함부로 대하는 것이냐? 이 몹쓸 것들아! 보자보자 하니 너무 심하구나!"

화가 난 처녀는 회초리라도 들 기세였다.
그러자 계집종들은 그날 이후 집안에서 어디에서도 보이지 않았다. 면목이 없어진 종들은 그날 밤 짐을 싸서 야반도주를 했던 것이었다. 이런 사실을 모르는 처녀는 이른 아침 방문을 열고 계집종을 불렀지만 웬일인지 집안은 너무나 조용했다. 낌새를 알아차린 처녀가 설마 하면서 종들의 방과 부엌을 둘러보았지만 아무도 없었다. 환자인 아버지의 죽을 올려야 해서 손수 죽을 쑤러 곡식을 가지러 광으로 향했는데 광문이 열려있는 것이었다.

의아하게 생각하고 다가가니 광 문 잠금이 부셔져 있었고 광 안에 곡식은 하나도 없었다.
처녀는 그 자리에 주저앉아 허탈한 심정으로 이 기막힌 현장을 보고 아무런 생각도 나지 않았다. 종들이 떠나면서 광안에 있던 곡식을 전부다 퍼갔고 그나마 급히 가져가려다 흘렸는지 한 쪽 문밖으로 곡식이 흩어져 있었다. 그걸 손으로 모아서 아버지의 죽을 쑤어 올리고 나서 자리에서 물러 나왔다. 배신감과 두려움이 엄습해 왔다. 앞으로 자신을 지켜 줄 사람이 아무도 없다는 생각에 걱정스러웠다.

이때 처녀가 문득 먼 친척 한 사람이 생각났다. 그 친척은 몇 해전 아버지를 찾아와 처녀의 혼사를 논하던 사람이었고 혼처 자리가 하필 재취자리였다. 가문 좋은 집안이라 아버지의 출세 길을 열어 줄 거라면서 쾌히 승낙을 받을 줄 알았지만 아버지는 그 말에 진노하셨다.

"내가 죽으면 죽었지 그런 자리에 내 딸을 못 보내네. 두 번 다시 우리 집에 발을 들여 놓을 생각을 하지 말게."

노여워 소리치는 바람에 처녀의 귀에까지 들려 왔던 것이었다. 처녀는 궁리 끝에 그 친척을 수소문하여 그 집을 찾았지만 친척은 쌀쌀하게 냉정한 반응이었다. 아버지에게 당했던 그때의 망신을 되갚으려는 것같이 처녀에게 말하는 것이었다.

"나를 찾아온 연유가 무엇이냐?"

처녀가 어렵게 입을 뗐다.

"몇 해 전 아버지께 했었던 제 혼처 얘기를 알고 있습니다. 아직까지 그 말이 유효하다면 제가 어르신의 말을 따르겠습니다."

하지만 그는 잠시 생각하는 듯 말이 없었다. 그러더니 단호하게 말을 했다.

"몰락한 집안의 여식을 그런 가문에서 받아 준다고 하더냐? 그때는 네 아버지가 행세 꽤나 할 때였고, 지금은 네 아버지가 황천길이 눈앞에 훤히 보이는 데 무엇을 보고 그런 가문에서 너를 데려가겠느냐?"

그리고 나서 방문을 닫으려 하자 처녀가 그에게 한마디 하였다.

"경전에 밥 한 끼를 얻어먹고도 목숨을 내놓는 은혜를 갚는 다 하였습니다. 하물며 어르신께서는 사정이 어려울 때 내 아버님의 도움으로 지금의 자리에 계신 줄 압니다. 어찌하여 한 번의 섭섭한 마음으로 그 은혜를 잊으려 하십니까? 어르신께서는 소녀에게 부모님의 욕됨을 말씀하시는 겁니다."

지지 않으려는듯 이번에는 당돌하리만큼 고개를 들고 친척에게 말했다. 그리고 대문 밖으로 급히 나서려는데 그 집 청지기가 따라 나서는 것이었다. 그러면서 대문 밖에서 주머니 하나를 그녀에게 주는 것이었다.

"아가씨, 어르신께서 노잣돈을 주셨습니다. 가지고 가십시오. 조만간 아가씨 댁에 사람을 보낼 터이니 기다리고 계시랍니다."

그리고는 정중하게 인사하고 가마까지 준비하였다.

처녀는 갑작스런 상황에 어안이 벙벙했다. 그러니까 친척은 이미 처녀의 집안 사정이 어떻게 돌아가고 있는지 알고 있었고 머지않아 자신을 찾아오리라는 것을 예상하고 있었다. 그래서 일찍이 처녀의 지혜와 영리함을 어렸을 때부터 눈 여겨 보았던 터라 장차 큰 몫을 할 것이라는 생각을 하고 있었던 것이었다.

처녀가 자신을 찾아 왔을 때 어떻게 대처할지 시험한 것이었고 이런 사실을 전혀 모르는 처녀는 친척이 준 노잣돈 덕에 편안히 집에 올 수 있었다. 그런데 집에 돌아와 보니 아버지는 이미 돌아가시고 처녀가 집에 없는 사이 그 뒷일을 친척이 손을 써서 장례까지 치러 준 것이었다. 장례 후 처녀는 눈물로 하루 이틀 달이 가도록 집안에서 나오지 않았다. 그러던 중 지저귀는 새소리에 잠에서 깬 처녀는 문을 열고 안채 마당을 보고 있었다. 어느 샌가 봄이 와 있었고 마당 꽃나무에는 꽃이 만발하게 피어 오랜만에 처녀는 마당에 나와 햇살을 받으며 봄기운에 눈을 지그시 감고 나무 아래에 앉았다.

그때 대문 밖 시끄러운 소리에 담장 너머 밖을 내다보았다. 이곳저곳을 다니면서 갖은 재주를 부려 먹고 사는 기예단이었다. 처녀는 오래간만에 밖을 나왔다. 호기심으로 시끌벅적한 소리에 휩쓸려 처녀는 사람들 인파 속에 끼어 재주 부리는 사람들의 움직임과 동작 하나하나에 눈을 떼지 못했다. 그리고 자신도 모르게 활짝 웃었다. 이 모습을 구경꾼들 사이에서 누군가 처녀를 지켜보고 있었다. 처녀는 마냥 들뜬 표정으로 계속 웃어댔고 해가 지는 줄 모르고 구경하다 어느 순간 집으로 돌아가야겠단 생각에 발길을 서둘렀다. 한참을 걷다 뒤를 돌아보니 누군가 처녀를 계속 따라오는 것이었다. 그러다가 골목을 돌아가다 따라오는 사람이 남자임을 알아차렸다. 공교롭게도 그 남자와 눈이 마주쳤다. 처녀는 놀라 후다닥 집으로 뛰었고 집에 도착하여 대문을 안으로 걸어 잠그고는 숨을 죽였다. 밖에 동정을 살피니 조용하였고 더 이상 인기척도 없었다. 그날 밤 처녀는 잠을 이룰 수 없어 밤새 뒤척이다 날이 밝았다. 이른 아침부터 대문 밖 인기척에 놀라 나가보니 그 친척어르신이 방문 하였고 처녀는 그에게 조심스레 말문을 열었다.

"집안 살림이 변변치 못하여 대접이 마땅치 않네요."

"일전에는 너무 죄송했습니다. 제가 결례를 했습니다. 어르신의 심중을 헤아리지 못한 것을 용서하십시오. 당돌했습니다."

그러자 친척이 말하기를,

"네 마음 씀씀이를 모르는 바 아니다. 내가 온 것은 네 의중을 묻기 위해서다. 이제 네 앞길을 생각해야 하지 않겠느냐?"

그러자 처녀는 "예" 하고 대답만 할 뿐이었고 그가 다시 말하기를,

"그래서 말인데 궁으로 들어가면 어떻겠느냐? 너는 지혜롭고 영리하여 윗전을 잘 모셔 신임을 얻으면 수월하게 궁에서 생활 할 수 있다. 내 생각은 이러한데 너는 어떠냐? 궁에서 생활한다면 내가 힘닿는 대로 네 뒤를 봐주마."

처녀는 잠시 생각할 시간을 달라고 했지만 선택의 여지가 없었다.

"내일 데리러 오마."

하며 가버렸고 친척 뒷모습을 보면서 처녀가 지금 의지할 때라곤 그 친척 밖에 없다는 것을 깨달았다. 그리고 발걸음은 집안에 모셔진 사당으로 향하였다. 조상을 모신 사당에서 향을 피우고 반배를 하면서 예를 갖추고 마지막으로 문중 인사를 하였다.

"내일이면 이집을 떠나 저는 궁으로 들어갑니다. 조상님 잘 돌보아 주십시오, 몰락한 가문을 일으키고 다시 명예를 되찾겠습니다. 그러니 궁 생활을 잘 할 수 있도록 지켜주십시오."

마지막 반배를 하고나서는 사당을 나와 목욕을 하고 벼루와 붓을 찾아 화선지에 '天命'이란 글을 썼다. 모든 것을 하늘의 뜻에 따라 받아들이고자하는 마음이었던 것이었다.

날이 밝자 화선지를 태우고는 마당으로 나가 집을 지켜온 나무에 마지막 인사를 하듯 감회어린 마지막 이별을 고했고 때마침 일찍 그 친척이 보낸 사람이 처녀의 집에 도착하여 처녀는 그들을 따라 마당을 나서며 아쉬운 발길을 돌렸다. 골목을 지나면서 동네사람들이 처녀를 보고 수군대기 시작했다. 아마도 측은해서이기도 하고 어디를 가나 하고 의심의 눈초리일 것이다. 애써 사람들의 시선을 뒤로하고 동네 어귀를 지나자 그 친척집의 청지기가 말했다.

"아가씨 말을 타십시오."

돌아보니 제법 날렵한 말 두필이 있었다. 말등에 올라타자 청지기도 말을 탔다. 그리곤 서서히 말발굽 소리와 함께 어디론가 향했다. 한참을 달려간 곳은 궁궐이었고 청지기는 궁궐 밖 사람에게 무어라고 말을 하더니 궁궐 문이 열렸다. 청지기는 서있는 처녀에게 말했다.

"아가씨 여기서부터는 아가씨 혼자 가십시오. 이 길로 쭉 가시면 궁녀하나가 아가씨를 기다릴 것입니다. 저는 이만 가보겠습니다. 몸조심하십시오."

그리고 궐문이 닫히자 청지기는 말을 타고 가버렸다. 청지기가 일러준 대로 궁궐을 향해 쭉 걸었지만 계속 가도 가도 끝이 없는 것같이 길이 멀었다. 한참을 왔을까. 궁녀 한사람이 보였다. 그리고 처녀에게 말을 걸었다.

"아가씨 저를 따라오십시오. 저는 마마를 모시고 있는 나인입니다."

처녀는 고개를 끄덕이고는 나인을 따라 갔다. 서너 개의 문을 거치면서 똑같은 옷을 입고 있는 나인들을 보았다. 그리고 같이 온 나인은 똑같은 방이 즐비하게 있는 곳으로 안내하고 나서.

"이제부터 아가씨는 궁녀입니다. 밖에서 생활하던 방식은 잊어버리십시오. 궁의 법도에 따라 생활해야 하니 오늘은 푹 쉬고 내일부터 아가씨를 가르칠 나인이 올 것입니다."

말하고는 방을 나가버렸다. 그녀는 피곤했고 몸이 나른해지면서 잠이 쏟아졌다. 얼마나 시간이 흘렀는지 비몽사몽간에 꿈속을 헤매다 돌아가신 아버지의 모습을 보았다. 한마디 말은 안하고 미소를 지으며 처녀를 바라보고는 사라졌다. "아버지, 아버지"라고 부르며 손을 허공에서 허우적대다 깨어났다. 그때 방문이 열리더니 마당에 나인들이 삼삼오오 모여 있는 것이 아닌가? 그중 나인 하나가 처녀가 갈아입을 옷을 주고 나서 우물가로 빨리 나오라고 재촉 하였다. 옷을 갈아입고 우물가로 가니 여기저기 빨래 감이 쌓여 있었고 길게 늘여뜨린 빨랫줄엔 윗전 사람들의 옷인지 울긋불긋 전부 비단옷이 걸쳐져 있었다. 처녀는 서서 어떤 일부터 해야 할지 망설이고 있는데 나인하나가 재촉하듯 손짓하며

"서서보고 있지 말고 나 좀 도와줘."

엄청난 양의 빨래를 손으로 비비고 행구고 짜고 하루 종일 나인들과 같이 일을 하느라 손발이 저녁이면 퉁퉁 부었고 밤에는 바느질감으로 또 일이 주어졌다. 모든 일이 서툰 처녀는 손가락이 바늘로 찔리는 일이 다반사였고 책임나인에게 핀잔을 듣기 일쑤였다.

그렇게 하루 이틀이 지나고 반년이 흘러갔다. 그해 가을 윗전을 모시는 상궁이 찾아와 처녀를 다른 곳으로 데리고 가려고 왔고 다른 나인들의 시기어린 눈총을 받으며 처녀는 상궁을 따라 나섰는데 전혀 와보지 못한 다른 궁 안이었다. 상궁은 윗전 앞에 처녀를 세우고는 "마마."라고 불렀다. 그는 온갖 머리치장을 하고 화려한 옷을 입은 사람이었고 상궁은 그 앞에 다가가

"데려왔습니다. 이 아이입니다. 궁 안 법도 이미 익혔는지라 마마의 시중을 잘 들 것이옵니다. 그럼 저는 이만 물러나겠나이다."

그리고 나서 그 상궁은 물러나 다른 나인들과 함께 한쪽으로 물러나 있었다. 윗전 마마가 처녀를 아래위로 훑어보더니, "따라오너라." 하며 앞서서 걸음을 재촉했다. 처녀는 뒤에서 따라가며 새로운 환경에 또 적응해야 하는가 보다 하고 생각하였다.

나중에 안 사실이지만 친척이 부탁하여 윗전 마마의 배려 하에 마마를 모시게 된 것이었다. 이날부터 모든 일상은 윗전 마마의 손발이 되어 움직였다. 사소한 마마의 기분까지 간파해서 알아서 비위를 맞추어야 했고 궁내에서 벌어지고 있는 정보도 알아내어 소식을 전해야하는 일까지 해야 했다.

　　바쁜 일상 속에 세월이 흘러 궁에서의 생활이 차츰 몸에 배이면서 다른 마마를 모시는 나인들끼리 교류도 갖게 되었고 그러던 어느 해에 새해를 기념하여 궁안에서 잔치가 열렸다. 모시고 있는 마마 곁에서 처녀는 시중을 들고 있는데 누군가가 처녀를 보는 시선이 따갑게 느껴졌다. 돌아보니 어디서 한번 본 것 같은 얼굴이었고 처녀는 한참을 기억을 떠올리며 애썼다. 어디서 본걸까? 생각을 한 끝에 그제야 기억을 떠올렸다. 아, 궁에 들어오기 전 동네어귀에서 기예 단들의 놀이를 보고 있을 때 처녀가 구경했던 장소에서 누군가가 뒤쫓아 온 사람을 기억해낸 것이다. 그때는 그 남자 옷차림이 그저 선비의 옷차림이었는데 이게 어떻게 된 것인가? 연회가 끝나갈 무렵 미소를 지으면서 처녀 옆으로 그 사람이 지나가는 것이 아닌가? 그는 바로 황제였던 것이다. 처녀는 떨리는 가슴을 주체할 수가 없었다. 오금이 저리고 얼굴이 홍당무가 되어 어딘가로 숨어버리고 싶은 심정이었다. 처녀가 궁으로 들어오기 전에 황제는 그때에 백성들의 사는 모습을 알고자 하여 변복을 하여 궁 밖으로 나갔다가 그 당시 처녀를 보고 반하여 멀찌감치 처녀 뒤를 따랐던 것이다. 그리고 환관을 시켜 몰래 처녀의 집안내력을 알고는 친척을 통하여 궁으로 처녀를 입궁하게 하였던 것이다. 궁에서는 법도가 있으므로 차근차근 단계를 거쳐야만 했던 것이다.

후에 이러한 사연들을 알게 된 윗전 마마들은 혹여 황제가 정치적인 것에 공과 사를 구분하지 못하고 소홀히 할까 전전긍긍하였고 나인들은 처녀를 시기하고 질투하는 일이 비일비재하였다. 처녀가 모시는 윗전 마마의 배려로 처녀는 무사히 넘어갈 수 있었던 것이다.

위기가 올 때마다 윗전의 그 누구에게도 겸손하게 처세를 하여 누구든 적을 두지 않았다. 말과 행동을 조심하고 또 자신을 경계하였다. 하지만 궁에서의 일거수일투족 다 황제의 귀에 들어가게 되었고 어느 날 부터인가 가끔씩 황제는 이 처녀를 자신의 거처에 불러들였다.

날이 가면서 황제를 만나는 일이 반복되면서 급기야 황제의 침전에 들게 되는 사태까지 벌어지자 사실을 알게 된 윗전으로부터 추궁을 당하며 처녀의 입지가 불안해지자 황제는 서둘러 이 처녀를 황후로 책봉하게 이르렀다.

그렇게 세월이 흘러가고 정치적 소용돌이 속에 황제는 날이 갈수록 몸과 마음이 피폐해져 가고 있었고 정국은 불안감이 감돌았다. 때를 맞추어 황제가 승하하게 되고 황후는 자신의 입지가 약해져 정치적 세력으로부터 보이지 않는 암투가 벌어짐을 알고 자신의 목숨도 위태로움을 느끼게 된다.

황후로 책봉될 때 반대하던 대신이 있었는데 황후를 궁지에 몰아넣으려고 뜻을 같이 한 관료와 짜고 황후를 겁탈하려고 호시탐탐 노리는 사태까지 벌어지고 있었다. 하지만 하늘이 도왔는지 이 관료의 처가 이를 눈치 채고 황후를 몰래 만나 이 사실을 알린다. 이때 황후는 생각하고 생각하여 결심하기에 이른다. 예전부터 궁 안에는 따로 부처님을 모시는 불당이 있었다. 황후는 답답한 심정으로 불당을 찾게 되고 자신의 처지에 서러움을 부처님 앞에 고하고 법당 바닥에 엎드려 통곡하고 가슴에 맺힌 한을 토해 낸다.

"불쌍한 제 처지를 생각하여 주십시오. 황제가 죽은 지 얼마 되지도 않아 제 목숨을 노리는 자들이 있습니다. 제가 황후로써 지켜야할 도리를 해야 하겠지만 저 자신이 정치적으로 희생되지 않도록 지켜주십시오. 그리고 황제를 배신한 저들에게 나라를 내어줄 수는 없습니다. 그러하오니 제가 이 나라를 황제의 유지에 따라 끝까지

지키게 해주십시오. 대자대비하신 부처님의 가피력으로 부디 저를 지켜주십시오. 이 생에서 못하면 다음 생애에서라도 부처님께 보답하는 큰 불사를 하겠나이다."

눈물로써 황후는 하소연을 한 뒤 일어나 삼배를 하고는 조용히 법당을 나왔다.

한 번의 정치적 소용돌이가 끝난 뒤에 황후는 황제의 자리에 올랐다. 황제의 자리에 오르고 난 뒤 나라 곳곳에 많은 불사를 하였다. 부처님의 가피력으로 모든 것을 지켜주시리라는 믿음이 컸었고 황제의 자리에서 부처님께서 함께 해주시리라는 믿음이 더 컸던 것이다. 이 황후가 중국의 당나라 여 황제 측천무후였던 것이다.

측천무후를 내가 본 것은 2012년 9월이었다.

달마조사를 세 번째 친견하기 한 달 전이였고, 측천무후와 달마조사가 동시에 보였던 것은 아마도 관세음보살님의 영험으로 숨은 사연을 알리고자 함이 아닌가 생각한다. 때로는 개인적 운명이 그 시대의 표상이 될 수 있는 대표적인 요인이 되기도 한다.

저승에서 온 손님

산골 마을에서 자란 18살 처녀가 있었다. 아버지가 읍내에 나갔다가 우연히 아버지는 고향 친구를 만났다. 서로 반가움에 주막집에서 술잔을 주거니 받거니 하면서 날이 밝는 줄 모르고 친구와 술을 계속 마셨다. 오전에 술이 깰 즈음에 둘이 약속하기를 내 아들과 네 딸을 혼인시키자는 친구의 말에 흔쾌히 응했고 영문을 모르는 처녀는 아버지의 말을 거역할 수가 없었다. 그래서 처녀는 신랑 얼굴도 모른 채 혼례를 올렸다. 친정집에서 신혼 초야를 치루고 말 탄 신랑을 따라 가마타고 시집으로 향했다. 딸을 보내며 아쉬워하는 어머니의 눈을 차마 볼 수 없었던 딸은 흐르는 눈물을 옷소매로 계속 닦고 닦았다. 점점 멀어지는 고향집을 뒤로 한 채 가마는 속도를 내고 있었다. 그렇게 반나절이 훨씬 지난 이후에 시댁에 도착했는지 대문 여는 소리가 크게 들렸다. 안채에서 사람들의 인기척과 함께 웅성거리는 소리와 여기저기 왔다갔다 하는 발자국소리가 들렸다. 이내 가마 문이 열렸다. 그녀는 곱게 단장한 한복 치마 끝을 추스르며 시댁에 처음 발을 들여놓았다. 마당에서 낯선 사람들의 시선이 따갑게 느껴졌고 집안에서는 잔치집 분위기에 한껏 무르익어 있었다.

대청마루에서 시부모가 새댁을 아래위로 훑어보았다. 안방에서 처음 큰절을 올리며 처음 마주하는 시부모님은 겉으론 웃고 있었지만 새댁은 익숙하지 않은 탓에 안절부절 하였다. 눈치 빠른 시누이가 방문 밖에서 기다렸다가 새댁의 거처를 안내했고, 작은 마당을 지나 따로 마련된 아담한 거처가 보였다. 기대감에 부풀어 얼른 방문을 열어보고는 새댁은 너무 실망스러웠다. 자신이 신접살림으로 가지고 온 장농 하나, 이불과 베개 둘 뿐이었다. 방은 겨우 두 사람이 누울 만치의 크기밖에 안되었다. 이것저것 정리를 하다가 새댁은 너무 피곤하여 그 방에서 잠이 들어 버렸다.

아침이 되는 줄도 모르고 잠을 자던 그녀는 밖에서 헛기침하는 소리에 놀라 눈을 떴다.

"헛, 헛, 아가, 일어났냐?"

시아버지 목소리였다.

"네."

그런데 옆에 신랑이 없다. '도대체 어떻게 된거지?'

시댁에 온 첫날 그녀는 혼자 잔 것이었고, 나중에 안 일이지만 시댁의 법도란다. 결혼을 해도 남자 따로 여자 따로 방을 쓴단다. 그러니까 남편이 허락해야 합방 할 수 있다는 것이었다. 새댁은 시댁의 가풍도 모르고, 어찌해야 할지 머리가 멍해질 따름이었다. 서둘러 부엌에서 아침을 짓고 시부모를 봉양했다. 그러기를 10여년이 흘렀다. 그동안 아들 둘에 딸 하나를 낳고 사는데 시집살이는 조금도 나아질 기색 없이 아이들이 자랄수록 일만 많아졌다. 농사일까지 겹쳐질 때는 몸이 열 개라도 모자랄 지경이었던 것이다. 봄이 왔다. 이웃 아낙들이 쑥을 캐러 산으로 올라가는 모습을 보고 뒤 따랐다. 쑥은 들과 산에 지천으로 널려있었고 하나둘 캐다보니 다른 사람들과 멀리 떨어져 있었다. 봄나물도 파릇파릇 여기저기 얼굴을 내밀고 있었다.

그녀는 나물을 한참 캐다가 저만치 작은 암자를 발견하게 되었다. 그리고 자신도 모르게 암자를 향해 걸어갔다. 나물 바구니를 암자 마당에 놓고 법당으로 통하는 듯 보이는 문을 살며시 열었다. 법당 안에는 작은 소불이 모셔져 있었다. 그 앞에 합장을 하고 눈을 감고 있었다. 갑자기 살아온 세월이 서러움으로 다가와 북받쳐 자신도 모르게 눈물로 하소연하고 있었다.

"내가 언제까지 소도 아니고 이렇게 일만 하며 살아야 하는 지 가르쳐 주시오. 남편이란 사람은 직장으로 인해 객지에 나가서 겨우 일 년에 제사 명절 때 오고 오지 않습니다. 너무 서러워 못살겠습니다."

마음속으로 하소연하다가 이내 울음이 입 밖으로 터져 나왔다. 한참을 그렇게 있다가보니 속이 후련함을 느꼈다. 마음을 진정시킨 후 그녀는 서둘러 법당을 나와 암자를 뒤로 하고 집으로 돌아왔다. 그리고 그날 밤 꿈을 꾸었다. 안개가 자욱한 곳을 바라보고 있었다. 그때 안개 속에서 말 발굽소리가 요란하게 나더니 검은 말 한필이 다가오고 있었다. 검은 말은 갖가지 방울과 꽃으로 치장하고 있었다. 검은 말 등에 어떤 남자가 타고 있었는데 나이가 제법 된 노인이었다. 그가 말했다.

"네가 이 집 가문에 시집와서 조상을 잘 모신 네 희생 덕에 내가 구천을 떠돌다 10년 만에 높은 데로 올라간다."

그렇게 말하고 연기 속으로 말 탄 조상은 사라졌다. 그녀는 놀란 가슴에 진정이 되지를 않았는데 이번에는 천인이 나타나 말을 하는 것이 아닌가?

"두 손을 모아 펴보아라. 그리고 이것을 받아라. 네 몫이다. 아무에게도 뺏기지 마라. 네가 평생 누릴 복이니라."

엉겁결에 "네." 하고 대답한 그녀는 두 손에 모아 쥐어준 것을 손을 펴서 보니 작은 새 한 마리였다. 새를 품에 안고 "고맙습니다. 고맙습니다." 하고 연거푸 인사를 하고 고개를 들어보니 천인은 보이지 않았다. 작은 새 한 마리의 뜻은 집안에서의 아내의 자리를 지키라는 뜻이었다. 여기까지가 내가 들었던 시어머니의 삶이었던 것이다. 그래서 그런지 말년까지 금슬 좋은 부부로 살다가 두 분은 돌아가셨다.

처음부터 좋은 가문에 태어나 의식주 걱정 없는 복도 있고, 살아가면서 자신이 복을 짓는 경우도 있다. 또 수행을 통하여 해로운 것을 이롭게 만드는 복도 있다. 모든 것이 업(業)이다. 내가 선택하는 것이 아니라 모든 것이 업이므로 수행을 하면 노력에 의해서 무엇이든 세상에는 가능성이 있는 것이다.

천명^{天命}

나는 십년 넘게 하루도 빠지지 않고 한 가지 목적을 향하여 부처님께 간원한 일이 있었다. 2012년 봄이었다. 내가 거주하고 있는 집 근처에 벚꽃이 만발하였다. 꽃을 베란다에서 구경을 하다가 봄 햇빛이 따사로워 몸이 나른하여 어느덧 의자에 기대어 눈을 감았다.

육신이 탈혼 상태가 되어 나는 훨훨 어디론가 날아가는 것이 아닌가. 그런데 한없이 자꾸만 공중으로 올라가기 시작하더니 어느 문에 도착했다. 문 앞에 서있으려니 저절로 문이 열렸다. 그런데 온 사방이 꽃나무 뿐 이었다. 그 사이로 걷다가 화려한 장식으로 치장한 모습을 한 천신이 나를 기다리고 있었다. 나는 "누구십니까?" 하고 묻자 "여기는 천신의 세계다."라고 말하는 것이었다. 나는 궁금해지기 시작했다.

"도대체 제가 왜 여기에 있는 것입니까? 저를 아십니까?"

"천신의 세계에서는 너를 안다."

"그렇다면 제가 묻고 싶은 것이 있습니다. 저는 십년이 넘게 한 가지 목적을 가지고 기도를 했지만 이룬 것이 하나도 없습니다. 왜 이럴까요? 세상에서 제가 할 수 있는 것이 하나도 없는 것 같습니다."

그러자 천신이 말했다.

"우리가 할 수 있는 능력은 모두 너에게 다주었다. 우리가 너에게 더 이상 줄 것이 없다."

그렇게 말하는 것이었다. 그리고 옆을 보니 흰 상자가 수도 없이 높이 쌓여 있는 것이 보였다. 그쪽을 내가 바라보고 있으니 천신이 말했다.

"저 상자 하나를 가져오너라."

말이 끝나자 나는 얼른 중간에 놓인 상자를 하나 집어 천신 앞에 놓았다.

"그 상자를 열어보아라."

나는 얼른 상자를 열었다. 그 속엔 옛날 귀족이 썼을법한 형태의 높은 모자였다. 천신이 말했다.

"그것이 세상에서 네가 살아야 할 네 몫이다."

그리고 빨리 이곳을 떠나라고 재촉하는 말에 나는 그곳을 날다시 피 하여 나왔다. 그리고 눈을 떴다.

세상에는 많은 직업이 있다. 저마다 자신이 선택하여 직업을 갖지만 자신에게 맞는 직업이 과연 얼마나 될까? 사람들은 좋은 직업, 나쁜 직업 이렇게 편애하며 규정 짓는다.

평범하게 잘 살다가 자신도 모르게 엉뚱한 직업을 선택하여 길을 가는 경우도 있다. 그 일이 종교적으로 방향을 전환할 때는 더욱 그렇다.

하늘의 뜻으로 인하여 어쩔 수 없이 가는 길은 가히 천명인 것이다.

천도

시조 조상님의 종교가 불교임에도 불구하고 시부모님은 살아오면서 다른 종교를 선택하셨다. 세월이 지나 지병으로 병원에 입원한지 일 년 만에 시아버님은 상태가 악화되기 시작했고 병원 중환자실에서 아버님은 자신의 종교를 바꾼 것에 대해 그동안 후회하고 계셨다. 병원 중환자실에서 면회하는 시간에 마음에 담았던 심정을 나에게 더듬더듬 말씀하셨다.

그리고 몇 개월도 되지 않아 돌아가셨다.

초상을 치르기 위해 집안사람들이 북적거렸고 정신없이 삼오제가 끝났다. 그날 밤 꿈에 시아버님 묘가 보이더니 흰옷을 입은 천인이 하늘에서 내려와 묘지 앞에 서있는 것이 아닌가.

그러더니 천인이 무덤에서 천 조각을 끄집어내는 것이었다. 내가 자세히 보니 하관할 때 관위에 덮힌 종교마크가 새겨진 천이였다. 내가 연유를 묻자 천인이 말하기를,

"망자가 기존종교를 바꾸었으니 이것은 필요없기 때문이다."

그리고는 하늘로 사라졌다. 49일 후에 시아버님이 나에게 다시 나타나셨다. 나는 놀라서,

"저승과 이승은 아무 때고 마음대로 왕래를 못할 터인데 어찌 오셨습니까?"

하고 물으니 애야 특별히 허락 맡고 왔으니 나를 따라 오너라. 너에게 보여줄 것이 있다. 나는 탈혼 상태로 시아버님을 따라갔다. 몸이 붕 떠올랐는데 구름이 옆으로 지나가고 바람도 내 몸을 스쳐 지나가고 별도 보였다. 한참을 그렇게 공중에서 끝없이 올라가자 끝이 없는 공간이 보였다.

그러자 거대한 열 두 대문이 공중에 떠있는 듯 나란히 보였고 대문마다 각기 다른 글씨가 한문으로 새겨져 있었다. 나는 시아버님께,

"지금 아버님이 계신 곳은 어딘가요?"

"나는 이 중간 대문을 겨우 통과했다."

라고 말하는 동시에 중간대문이 열리더니 아버님은 그곳으로 들어가셨다. 내가 따라 들어가려하자 대문은 저절로 닫혀버려 더이상 열리지를 않았다. 당황한 나는 어쩌지 하며 겁을 먹고 있는데 순식간에 땅에 떨어지듯 정신이 혼미해지면서 나는 돌아왔다.

이곳이 내가 가본 열 두 대문의 저승이었던 것이다.

그런데 분명히 나는 열 두 대문에 씌여진 글씨를 다 읽었는데 눈을 떠보니 글씨 그 부분만 하나도 기억이 나지 않았다. 이 부분을 알게 되면 산 사람이 천기누설을 한 셈이이기 때문에 비밀에 부쳐진 것이다.

연옥

10년 전 쌀을 씻다가 생쌀을 우연히 먹기 시작했는데, 그 맛에 길들여지자 생식을 하게 된 것이다. 2년 동안이나 지속적으로 습관처럼 하다 보니 몸에 이상이 생기기 시작했고, 몸의 균형이 깨진 것이다. 병원에서 진찰을 받은 결과 영양실조라 한다. 그 말을 듣고는 나는 어이가 없어 웃었다. 거기에 빈혈 증세가 심하단다. 그동안 몸의 밸런스를 생각하지 않은 탓이라서 마음이 무거웠다. 의사의 처방에 따라 생식은 끊고 몸에 맞는 음식을 먹으며 건강에 힘을 썼지만 하루아침에 좋아질 리는 없었다. 여기 저기 팔다리가 저리고 아프고 안 아픈데가 없었다. 그로부터 얼마 후 아픔을 참고 참다 눈을 감고 탈혼 상태에서 어디론가 길을 따라 나는 한없이 걷고 또 걷고 있었다. 그곳은 꽃이 만발한 곳이었는데 온 사방이 붉게 물든 듯 붉은색 꽃들로 지천이었다. 작은 길이 하나 보여 나는 그 길로 계속 가고 있었고 그때 연기가 자욱한 곳이 나타났다.

그곳 전체가 마치 목욕탕 입구같이 느껴졌는데 많은 사람들이 그곳에 들어가 있었다. 나는 문 입구에서 여기가 뭐하는 곳인지 궁금하여 안으로 깊숙이 들어가려고 했지만 너무 김이 뜨거워 더 들어갈 수가 없었다. 그 안쪽에서 영혼들이 고통스러워 몸부림치는 것이 느껴졌다. 그곳은 또 다른 저승에 있는 지옥문의 입구였다. 나는 당황하여 얼른 그곳을 빠져나왔고 나를 원래의 자리로 돌아가게 해주세요. 하고 간절히 염원하자 그 순간 눈을 떴다. 신기하게도 온몸의 통증은 사라졌다. 영육이 건강해야 수행도 가능 한 것임을 알려준 것이다.

이곳은 지옥의 한 단계인 연옥인 것이다. 이 연옥에서 죗값을 치루고 다음 단계로, 가톨릭에서 말하는 천국으로 올림을 받는 것이다. 연옥에 떨어진 영혼들을 구제할 방법은 하나뿐이다. 그것은 산 사람이 연옥 영혼을 위해서 선행을 한다든지 또는 기도를 해주어야만이 그들이 천국으로 올림을 받을 수 있는 것이다.

달마조사의 분신

1998년도 여름철이었다. 그 시기에 체계적인 불법 공부보다 틈만 나면 염주를 돌리며 관세음보살 염불을 계속하던 시절이었다. 낮 시간에 절에 잠시 들러 법당에서 삼배를 하고 눈을 감고 앉았다. 대낮이라서 그런지 절 주변에서 갖가지 소음소리가 계속 들려 기도를 하고자 해도 집중이 되질 않았다. 염주를 손에 들고 눈을 감고 관세음보살 정근만 혼자 하고 있었다. 시간이 어떻게 흘러가는지 모른 채 계속 집중하여 관세음보살 정근을 하고 있는데 어디서 본 것 같은 사람이 홀연히 앞에 나타났다. 자세히 보니 달마도에서 본 모습과 같았다. 머리는 벗겨지고 옷 입은 행색은 초라했다. 지팡이 끝에 매단 작은 봇짐하나를 어깨에 메고 서 있었다. 나는 물었다.

"누구십니까?"

"내가 달마다."

하는 것이 아닌가. 내가 법당에 나타난 이유를 묻자

"내가 다녀올 동안 불법공부에 정진해라."

말하고는 뒤돌아서 사라지려 했다. 나는 얼른

"달마 조사님. 어디로 가십니까?" 하고 묻자

달마조사는 중국으로 간다고 말하고는 동서남북 어느 방향으로 갔는지 모르게 눈앞에서 홀연히 사라졌다. 그리고 10년 넘게 세월이 흘러도 달마조사는 나타나시지 않았는데 2012년 10월 1일에 저녁 종송 후 염불 삼매에 들때 달마조사가 나타났다. 나는 반가움에,

"그동안 어디 계셨습니까?"

하고 묻자

"영계(靈界)에는 헤아릴 수 없는 살벌한 기운이 많다. 이 지구가 위험에 처해 있었는데 인간들을 해하려는 존재들을 내가 대적하여 싸우고 돌아왔다."

그러고 보니 달마조사의 손에는 금칼을 들고 있었는데 칼에선 마치 불이 나오는 듯 했다. 그 칼에서는 어떤 기가 흘렀다. 그리고는 또다시 어디론가 달마조사는 사라졌다. 나는 아쉬움에 재빨리 궁금한 점을 묻지 못한 것을 안타까워했다.

그리고는 몇 개월이 지나가버렸고 2013년 6월 초에 달마조사가 이번엔 내 꿈에 나타났다.

한 주먹을 쥔 상태에서 두 손을 쥐고 정중한 자세로 서서 어딘가를 계속 주시하며 예를 갖추고 있었다. 도무지 누구에게 그렇게 예를 갖추는지 나는 궁금해졌다. 하지만 더 이상 알 수가 없었다. 나는 그 경건한 모습을 보고만 있었고 조금 있으려니 갑자기 달마조사가 분신하여 똑같은 모습으로 열 명에서 스무 명, 삼십 명, 사십 명, 오십 명, 백 명……. 끝없이 계속 많은 숫자로 불어나는 것이 아닌가. 어느 분이 처음의 그 달마조사인지 알 길이 없었다.

나는 신기하고 놀라서 달마조사의 그 신통력에 어안이 벙벙하여 한 참을 보고 있었다. 그리고 잠에서 깨었는데 그날 이후 황등사의 불사를 서서히 단계를 거쳐 시작되는 계기가 되었다. 달마조사는 그동안 내게는 영적인 스승님이셨던 것이다.

세속에서 수행자로 살아가려면 많이 힘이 든다. 불가의 가르침대로 살아야 한다고 사람들에게 일러줘도 실천하면서 살기란 힘든 시대이다.

달마조사가 끝없이 분신하다는 것은 이 시대가 달마의 기가 그만큼 많이 필요로한 것이리라.

여래의 세계

신묘장구대다라니 독송 중에 법당에서 삼매에 들었다. 끝없는 공간을 가로질러 도착한 곳은 온통 황금빛으로 번쩍이는 곳이었다. 양쪽으로 불보살들의 상들이 길게 서 있었다. 여기가 어디인가. 궁금해 하고 있는데 불보살들의 화장세계라고 했다. 그런데 불보살 상들이 하나같이 엄청 길고 크고 장대하다. 나는 천천히 걸으면서 보고 또 보고 보았지만 번쩍번쩍 황금빛이었다. 아래 위가 다 황금이다. 사방에 먼지라고는 찾아 볼 수 없이 깨끗했다. 황금세계인 이곳에 끝이 없는 불보살들의 행렬을 보면서 나는 순간 몸이 다른 세계로 이동을 하였다. 하늘빛의 연기가 하늘공간에 가득했는데 누군가의 모습이 나타났다. 옷은 하늘색이요, 머리에는 상투모양으로 황금색 장식으로 치장한 모습이었다. 누구냐고 내가 묻자 나는 양나라 황제 양무제이다. 그리고는 내게 한문으로 글씨를 써주었다.

자비도량참법(慈悲道場懺法)이란 글이었다. 그리고 홀연히 연기와 함께 사라져버렸다. 내가 눈을 떴을 때 법당에서 펼쳐진 책은 신묘장구대다라니 구절의 한 부분이었다. 이때부터 자비도량참법의 책과 신묘장구대다라니를 계속 독송하고 있는 것이다.

자비도량참법은 양무제의 황후 치씨가 소실 육궁을 질투하여 사람을 해하여 이후 치 씨가 죽자 그 업으로 죽어서 온갖 고통으로 헤매면서 구렁이로 화신하여 양무제 앞에 나타나 치씨 자신의 영가를 구제해 달라고 부탁하고자 나타나 양무제에게 간청하여 양무제는 이를 안타깝게 여기고 신하들과 당시 지공스님으로 하여금 의논한 끝에 팔만 사천 법문을 토대로 만들어진 것이 이 자비도량참법이다. 그리하여 승려들이 치씨 영가를 위하여 부지런히 독송한 바 치씨는 구렁이 현신의 옷을 벗고 천인으로 변화하여 하늘로 승천하였다. 자비도량참법은 그때부터 지금까지 이어져 오는 것이다. 자비도량참법만 계속 독송해도 팔만사천 부처님의 경전을 다 읽는 셈인 것이다.

이렇듯 양무제가 지금 시대에 말하고자 하는 것은 〈자비도량참법〉의 중요성을 일깨워주는 것이다. 황제 자리에 있을 때 그 중요성을 좀 더 알고 실천하여 널리 알려야 했는데 그 시대에는 그렇지 못했다. 승려들만 하는 것이라 여겼던 것이다.

지금 가장 필요한 것이 〈자비도량참법〉이다. 누구나가 다 염송을 하게되면 현실에서 궁금증이 해결됨을 알 수 있게 된다. 또한 삼달지(三達智)를 터득하게 되는 것이다.

금개구리

온 사방이 뿌옇게 안개가 낀 듯 운무처럼 서려있었다. 여기가 어디인가? 주위를 둘러보니 키 작은 푸른 수목들이 숲에 펼쳐져 있다. 때 마침 거센 빗줄기가 숲을 흠뻑 적시더니 붉은 흙탕물이 고랑을 만들며 끝없이 흘러간다. 고랑을 따라 한참을 걸어가다 작은 암자 하나가 눈에 들어온다. 문을 열고 들어가려다 잠시 암자 마당 앞에 멈춰 섰다. 암자 앞마당에 흙탕물이 질펀한 그 곳에 제법 손바닥만한 두꺼비 한 마리가 흙탕물을 뒤집어 쓰고 미동도 않은 채 눈만 껌벅거리고 있었다. 때마침 금빛 옷을 입은 승려가 나타났다. 풍채가 크고 위엄이 있어 보이는 인상이었는데 그는 두꺼비를 보고 오라고 손짓하자 그 때서야 두꺼비가 움직였다. 승려가 흙탕물을 뒤

집어 쓴 두꺼비를 손으로 쓰다듬자 아뿔사! 그것은 금빛 찬란한 두꺼비였다.

그것을 본 순간 보통 영물이 아님을 깨달았다. 이내 나는 탈혼 상태에서 제자리로 돌아와 그곳이 어디인가 하고 곰곰이 생각해 보았다. 그리고 여러 날이 지나 해마다 습관처럼 가는 오륜대에서 금 두꺼비를 보았다. 오륜대는 천주교의 순교자 성지이다. 병인박해 때 신앙을 지키려 목숨을 던진 순교자의 묘소가 있는 장소이다. 도심지 끝에 자리 잡은 이곳은 35년 전부터 해마다 내가 찾는 곳이기도 하다. 이 장소에 오면 마음이 편안하고 삶에 대하여 다시금 생각해 보는 장소이기도 하다. 그것이 무엇인가. 자신도 모르는 오래전부터의 알 수 없는 기억들이 하나둘 뇌리를 스치면서 앞으로 나아갈 길을 열어줄 것 같은 분위기의 성지라고 해야 옳을 것 같다. 작은 오솔길을 시작으로 한 걸음 한 걸음 발걸음을 옮기면서 금방이라도 휠 것 같은 대나무들은 서로 부딪히면서 기운을 더해준다. 약간 경사진 곳을 오르다 보면 그곳엔 동굴 속에서 나타난 듯 한 성모상이 있다. 그 앞에는 물이 늘 흐르는 연못을 닮은 지형이 눈에 띈다.

그때였다. 그 연못 앞에 미동도 하지 않은 채 두꺼비 한 마리가 있었다. 보는 순간 한 곳을 응시하고 있을 뿐 전혀 움직이지 않았다. 옆에서 서너 발짝 간격에서 "두껍아, 두껍아." 하고 불러보았지만 움직이지 않았다. 나는 가던 길을 멈추고 그 자리에 서서 두꺼비의 행동을 지켜볼 심산이었다. 조금 있으려니 나를 빤히 쳐다보는 것이 아닌가? 순간 행운을 기대하면서 어렸을 때, 생각이 나 장난기로 말을 건넸다.

"두껍아, 두껍아, 헌 집 줄게. 새집 다오."

신기하게도 그 말이 끝나자 연못 속으로 엉금엉금 기어 들어가더니 몇 번 물속을 헤엄치다 물 밖으로 머리만 살짝 내밀고는 물속에서도 전혀 움직이지 않았다. 한참을 바라보다 날 저물 때 까지도 전혀 움직일 기미가 안보여 두꺼비는 뒤로 한 채 나는 그 곳에서 발걸음을 돌렸다. 그런데 그날 이후 풀리지 않는 일들이 서서히 풀렸고, 서너 달 만에 이루고자 하는 걸 이룰 수가 있었다.

49재

　사람이 죽으면 묘지와 납골당에 유해를 모시는 게 일반적인데, 우리가 생각하는 영혼은 '중음' 상태가 되어 저승에서 몇 단계를 거쳐야 거처가 결정된다. 관세음보살 염불삼매에 들었을 때, 나는 푸른 빛의 혼 불이 되어 새처럼 날아서 나무에 앉았다. 큰 나무 한 그루가 하늘 끝을 닿을 거라는 생각을 할 만큼 가지가 너무 높게 위아래로 뻗어올라 있었다. 나는 그 나무위로 올라가 있었는데 아무리 오르고 올라도 끝이 보이지 않았다. 그렇다고 아래로 내려 갈 수도 없었다. 이런 생각을 하고 있을 때 순식간에 혼 불은 붕붕 뜨더니 나무 끝까지 올랐다.

　그 하늘 끝엔 평지가 보였다. 어디론가 가로질러 끝없이 날아가고 있었다. 얼마 쯤 갔을까.

희미한 빛이 저 멀리 보이자 나는 그리로 날아갔다. 가까이 가서 보니 그것은 빛이 아니라 건물 빛깔 때문에 그렇게 보인 것이었다. 그곳은 마치 네모반듯한 상자와도 같았다. 똑같은 건물이 여기저기 많이 있었는데 따로따로 나열되어 있었다. 자세히 보니 그곳은 작은 사당들이었다. 그 사당 안에는 영혼들이 머물고 있었는데 촛불이 하나씩 켜져 있는 곳도 있고 촛불이 꺼져서 어둡고 칙칙한 곳도 제법 있었다. 나는 일일이 사당 안을 살펴보았는데 흰 한복을 입은 영가가 사당에 머물러 있는 것을 보고 소름이 돋았다. 사당 앞에 붙여 논 글귀들을 읽어나갔다. 표현할 수 없을 만큼 다양하다. 그러나 맺힌 한이 있는 영혼은 무섭게 느껴졌다. 그 기운이 강해 얼른 그 자리를 피하고 싶었다. 그 중에 한 영가가 나에게 자신의 기구한 삶을 살았던 사연을 말하고는 이곳에 대해서 설명을 해주었다.

지상에서 자손이 제사를 지내면 이곳에서 그 집 일가 영가가 제사음식을 다 흠향한다고 하였다. 불이 꺼져있는 사당의 영가는 자손이 제사를 지내주지 않아서 그렇다는 것이다.

헌데, 내가 아는 영가는 하나도 보이지 않았다. 다른 세계에 있어 이곳에는 없는 듯 했다.

이곳에는 밝은 빛은 없다. 자세히 보니 촛불도 불빛이 아닌 그냥 밝게 느껴지는 빛이었다.

한 가족의 일가라도 자신들이 각기 다른 삶을 살았던 방식대로 저승인 이곳에서도 각기 다른 세계로 영가는 이곳저곳 왔다갔다 하는 것이다.

그래서 영가를 위한 기도는 꼭 해주어야 하는 것이다. 사당이 있는 곳에서 조금 떨어진 곳으로 내려가 보았다. 그곳엔 검은 관들이 즐비하게 줄지어 있었다. 저 관들은 무엇이냐고 그곳 영가에게 물어보았다. 저 관들은 비워있는 관인데, 이곳에 올 영가들이 아직 지상에 살아있어 죽으면 들어갈 관이라고 했다. 그런데 그런 관의 숫자가 엄청 많았다.

아마도 한꺼번에 이곳에 올 영가들이라고 생각했다. 이때 나는 순간 혼이 갑자기 붕 떠서 쏜살같이 어디론가 아래로 내려가는 것 같더니 순식간에 이 세상으로 돌아왔다. 그 순간 눈을 떴다. 그곳은 또 다른 저승 세계였던 것이다.

황등사의 범종

　지금으로부터 정확히 33년 전 2월 아버지는 병석에서 사경을 헤매고 계셨다. 그때는 왜 그렇게 혹독한 추위가 더 느껴졌는지 지금 생각하면 희미한 기억으로 남을 법 한데 더욱 생생하게 또렷하게 기억나게 한다. 당시 아버지의 병세를 지켜보며 나이 어린 두 동생들과 어머니를 지켜보는 나는 참으로 괴로웠다. 아버지가 돌아가시고 나면 나는 누구를 의지하고 살아야 하나 하는 복잡한 감정에 휩싸여 찾은 곳은 성당이었다. 그것도 밤중에 혼자 성당에 들어가 한참을 울었다. 그러다가 다음날 직장에 출근하여 편치 않은 마음으로 점심시간에 밖으로 나왔다. 회사 근처를 배회하다가 아파트 단지를 돌아가다가 우연히 산으로 올라가는 오솔길을 발견했다. 오솔길을 걷다 보니 조금 높은 언덕길이 보였다. 기왕 온 김에 끝까지 올라가 보기로 하였다. 올라갈수록 큰 소나무들이 근처에 산림을 이루고 있었다. 대낮인데도 숲이 우거져 그늘이 져 조금 어두웠다. 나는 꼭대기에 앉아서 저 멀리 보이는 아랫동네를 바라보다가 한숨을 쉬었다. 바람이 불었지만 겨울바람은 오히려 머릿속을 정리해 주는 듯 머리가 맑아지는 느낌이었다. 그렇게 한 참을 앉아 있다가 으슬으슬 추워지는 느낌에 문득 시계를 보니 점심시간이 훨씬 지나 있었다. 앉았던 자리를 털고 일어나 다시 내려가다가 저만치 작은 암자를 발견했다.

'올라올 때는 못 보았는데 어떻게 된 걸까? 등잔 밑이 어둡다는 말이 나를 두고 하는 말이군.'

혼잣말로 중얼거리면서 암자 쪽으로 걸어갔다. 암자 마당에서 공양주인 듯 할머니가 나물을 다듬고 있었다. 나는 말을 건네 볼 심산으로,

"저기..."

물으려 했건만 나를 힐끗 한 번 쳐다보고는 마당 뒷 켠으로 가버리는 것이 아닌가. 괜히 멋적어 나는 조심스레 법당 문을 살며시 열어보았다. 불단이 보였다. 중앙에 불상이 있고 촛대와 작은 다기 그

룻이 놓여 있었다. 나는 안채를 둘러보고는 문을 닫고 그곳을 떠나 산길을 내려왔다. 퇴근하여 집에 돌아오니 아버지는 여전히 사경을 헤매고 계셨고, 불안을 느낀 나는 집 옥상으로 올라갔다. 그때가 밤 12시가 훨씬 넘어있었고, 바람이 몹시 불었다. 칼바람을 맞으며 나는 옥상바닥에 두 무릎을 꿇고 하늘을 바라보았다. 밤하늘의 별은 유난히 맑고 초롱초롱 빛을 내었다. 이때 내 눈에서는 눈물이 주루룩 흘렀다. 나도 모르게 하늘을 향하여 하소연하고 있었다.

"제발 아버지를 살려주세요. 아버지의 명줄을 늘려주세요. 그리고 제 목숨을 내 놓을 테니 아버지 대신 저를 데려가세요. 이 가정은 제가 없어도 되지만 아버지가 계시지 않으면 엉망이 될 것입니다. 그러니 제발 저를 데려가십시오."

울면서 밤하늘을 한참 바라보고 있었다. 시간이 얼마나 흘렀을까. 무릎에 감각이 없다. 차가운 기운에다 옥상의 찬바람에 다리가 잠시 마비 상태였다. 나는 천천히 두 손으로 다리를 주무르자 다리가 풀렸다. 옥상에서 내려와 아버지가 누워계신 방을 들여다보니 거친 숨을 몰아쉬며 잠이 든듯 했다. 혹시 밤을 넘기지 못할 것 같은 불안감에 잠을 청할 수 없어 곁에서 지켜보다 잠이 들었다. 꿈을 꾸었다. 그런데 꿈속에서도 나는 집 옥상에서 무릎을 꿇고 밤하늘을 쳐다보고 있었다. 이때 캄캄한 밤하늘을 훤히 비추더니 세계지도가 밤하늘에 펼쳐졌다. 나라마다 글자가 표기되어 뚜렷하게 읽을 수가 있었는데 이때 갑자기 거대한 '용'이 밤하늘에 나타났다. '흑룡'이었다. '용'은 세계지도를 보더니 앞발로 치켜들며 세계지도를 다 삼켜버릴 기세로 입을 쩍 벌리고 있었다. 나는 이 광경을 보면서 무서워 덜덜 떨다가 잠에서 깨었다. 이때, 내 나이 23세였다. 그리고 세월이 흘러 2014년 2월 25일 나는 여느 때와 마찬가지로 새벽 종송과 함께 염불을 시작하려고 황등사 범종을 치기 시작했다. 그런데 갑자기 종소리가 이상하다.

"어흐흐흐흐흐흐 끼끼끽..."

이게 도대체 무슨 소리인가. 마치 큰 짐승 울음소리 같기도 한 기괴한 소리에 황등사 절집 식구들이 놀라 잠을 깨어 모두 뛰어나왔다. 나도 놀랐지만 다시 종을 계속 쳐보았다. 여전히

"어흐흐흐흐흐흐 끼끼끽..."

어떻게 표현할 수가 없다. 하루 종일 불안한 마음이 머릿속을 떠나지 않는데 저녁 종송 때 범종을 치니,

"뎅뎅뎅."

평소 같이 종소리를 낸다. 염불하면서 끊임없이 새벽종소리의 원인을 알고자 부처님께 간청드렸다. 며칠이 지나고 초하루날, 범종 소리의 이유를 알게 해주셨다. 그 범종 소리는 "용" 울음소리라고 했다. 그 용은 내가 23세 때 꿈에서 본 그 흑룡의 울음소리라고 알려준 것이다. 이 범종이 황등사를 지키고 있다.

깊은 곳의 물고기는
쉽게 미끼를 물지 않는다

단편 글 모음

1

강을 바라보고–
바다를 바라보고–
산을 바라보지만–
산의 깊이와 강물과
바다 속의 깊이를
우리는 알지 못합니다.

지금 내 삶은 얼마 만큼 깊게 살아왔을까요?

세상 이목 때문에–
살아온 세월들이
세상 눈에 보이기 위한 삶이 아니었을까요?

나에게 남은 인생에 삶의 깊이가 있기나 한 것 일까요?

깊은 삶이란–
눈에 드러나지 않는 진정한 마음이
참된 생의 기본일 것입니다.

2

사랑은 대상을 닮고 싶어합니다.
그리고 대상의 발자취를 따라갑니다.
연못에 풀어놓은 물고기처럼 그 안에서만
안주하고 행복을 느끼지요.

우주를 품을 수 있는 큰 사랑도
내 작은 가슴속의 사랑도
대상의 존재가 없다면
아무런 의미가 없습니다.

마치 원두 커피와 인스턴트 커피의
차이를 두는 것처럼...
결국 똑같은 커피인 것을요.

나는 지금 사랑하는 이를 그리며
한 잔의 커피를 마십니다.

그의 향기를 떠올리며...

3

그땐 그것이 소중한 줄 몰랐습니다.
그땐 그것이 중요한 것인 줄 몰랐습니다.
그땐 그 사람이 얼마나 애틋한 감정인 줄 몰랐습니다.
그땐 그것이 행복인 줄 몰랐습니다.

모든 것이 지나간 지금...
모든 것이 떠나간 지금...
하지만 슬프지 않습니다.

정말 정말 중요한 부분이 남았습니다.

나를 필요로 하는 사람을 만나는 일이
남았으니까요.

 남은 삶을 그리기 위하여...

4

살아있는 사람에게 죽은 사람은 시간이 흐르면 잊혀집니다.
이미 죽은 이에게
세상일과는 아무런 기대를 걸 수 없기 때문일 겁니다.
하지만 서로가 헤어져 소식이 끊겨도 하늘 아래 살아있다면
삶이 아무리 고달파도 언젠가 만날 수 있다는 희망을 겁니다.

 우리의 삶이 하늘을 날고 있는 '연'과 같네요.

 '연'은 바람을 탑니다.

끈을 적당히 당겼다가 풀어주면 높이 납니다
그러나 끈을 놓아버리면 이내 추락하고 말지요.
그러니 바람의 흐름을 보고 끈을 놓지 말아야

 '연'은 높이 납니다.

소중한 사람일 수록 늘 곁에서 지켜보게 됩니다.
하지만 하늘을 나는 '연'처럼 풀어줘야 할 때도 있는 법이지요.

그가 높이 날기 위해서...

지금 내 삶이 세상 일에 휘둘려 끌려가는 시간으로

살고 있는 것은 아닌지....

해바라기는 태양의 움직임에 따라 바라봅니다.

내 마음도 어느새 해바라기가 되어가고 있음이 슬퍼집니다.

5

내 얼굴은 남의 얼굴에 물에 비치듯 비치고
내 마음도 남의 마음에 물에 비치듯 비쳐도...

나는 그대를 바라보지만
그대는 다른이를 바라봅니다.

나는 그대와의 행복을 꿈꾸지만
그대는 다른이와의 행복을 꿈꿉니다.

나는 그대와 미래를 그리고 있지만
그대는 다른 이와의 미래를 그리고 있습니다.

나는 그대에게 진실을 말하려고 하지만
그대는 다른이와의 진실을 말하고 있습니다.

그럼에도 돌아가는 시간 속 초침이 되어 나는
오늘도 그대라는 이름의 거울을 또 보고 있습니다.

6

누구에겐 하루하루가 반복되는 평범한 일상이지만 누군가에겐 주어진 하루가 다시 못올 소중한 시간일 수 있습니다.

누구에겐 하루의 시간 끝에 오는 당연히 만날 수 있는 사람이겠지만 누군가에겐 하루를 기대해도 오지 않는 사람을 기다릴 수 있는 시간입니다.

누구에겐 대상을 추억으로만 남기고 싶어하는 날들로 기억하고 싶겠지만 누군가에겐 아픔으로 살아가야할 상처일 수 있는 시간입니다.

물처럼 흘러서 떠나버리고...
바람처럼 흩어져 사라지고...
손에 담아도 담아도 잡히지 않는 물과 바람처럼
놓쳐서 살고 싶은 시간이고 싶지 않습니다.

남은 생애에 남은 시간 만큼이라도 소중한 사람과
헤어짐과 기다림없이 매일 매일 함께 한다면
살아있는 동안은 이것이 최고의 행복입니다.

7

숲 속 높은 나무 꼭대기에 둥지를 틀고 사는 새 한마리가 있습니다.

계절이 바뀌면서 새는 어느덧 어미가 되어 새끼를 둥지에서 키우고 있었고, 어미새는 새끼가 성장하여 둥지를 같이 떠날 때를 기다리며 부지런히 먹이를 물어다주고 날개짓하는 법을 가르쳤습니다.

그런데 어미새가 먹이 사냥을 하러 잠시 둥지를 비운 사이에 커다란 뱀 한마리가 나무 위로 올라와 새끼가 있는 둥지를 덮쳤습니다.

둥지로 돌아온 어미새는 이를 눈치채고 미련없이 숲을 떠나 버립니다.

그리고 나서 두번 다시 돌아오지 않았습니다.

예언자가 있었습니다. 하늘은 시대에 필요한 말을 이 예언자를 통해서 사람들에게 일러 주었지만 사람들은 먹고 사는 데에만 온전히 시간을 할애할 뿐 크고 작은 사건들이 일어났지만 날로 무디어져 갈 뿐이었고, 닥쳐올 재앙에는 관심조차 두지 않았습니다. 모두가 예언자의 말에는 귀를 닫고 있었습니다.

단 한사람만이 예언자 주변을 지킨 사람이 있었지만 시간이 지나면서 그도 결국엔 믿지 못하고 갈등합니다.

이를 눈치 챈 예언자는 말을 전하고 떠나려고 마음을 먹습니다.

"듣기는 듣되, 깨닫지 못하고,
보기는 보되, 알지는 못하니,
한탄하며 돌아섭니다. 지금 이 순간"

8

털실을 구입했습니다. 뜨개 바늘로 실을 풀어가며
한올 한올 실코를 만들어 나갑니다.

실 뜨개의 모양이 완성되어 가면서 제 모습을 갖추어가지만
실코를 하나 놓쳐 버린 것을 알고
뒤틀린 원형을 다시 잡고 얽혀진 부분을 다시 풀어 버립니다.
빨리 만들고자 급했던 마음에 손은 더디고 마음만 바쁩니다.

하루 하루 사는 일은 어쩌면 뭉친 실타래를 풀어가듯이
자신의 길을 가는 것일 겁니다.
사람의 인연도 실타래 같아서 급히 서둘다 보면 오히려
얽혀 버리겠지요.

지금 나는 실뜨개처럼 한올 한올 차근차근 삶을 살아가렵니다.
대상을 향하여 오늘도 나는 살아있음에 움직입니다.

그리고 그가 행복해진다면 돌아서 가더라도 그를 위해
길을 갈 것입니다.

9

비를 싣고 오는 구름은 땅에 비를 쏟아 내지않고는
지나가지 않듯이...

사랑은 죽음처럼 강한 것.
대상에게 상처가 두려워 서로 방어하고
극성스럽게 시샘도 해보지만...

의심과 믿음은 서로 다른 인생을 만들어버린다.

의심은 미래를 두렵게 하지만
믿음은 싹을 틔운 한그루의 나무로 성장한다.

나무는 남쪽으로 넘어지든 북쪽으로 넘어지든
다른 데로 옮겨가지 않는다.

 그 자리에서 서서히 시들어 죽어갈 뿐이다.

10

사랑이 익어갈수록 심장은
나만 바라보라고 합니다.

정이 깊어질수록 심장은
나만 믿어 달라 합니다.

세상 변화에 따라
신뢰가 무너져 두려워 떨고 있어도 심장은

아침이 밝아오기 전의 어둠이 가장 깊은 것이라고 합니다.

그리고
생이 다하도록 심장은

진실한 마음으로 사랑만을 기억하라고 합니다.

11

굶주린 사람이 먹는 꿈을 꾸다가 깨어나서 더욱 배고파하고
목마른 사람이 마시는 꿈을 꾸다가 깨어나서 더욱 목말라 하듯...
사랑에 대한 갈망은 끝이 없습니다.
가시덤불 엉겅퀴가 마음에 자리잡고 있어도 조급하지 말고
참을 수 있는 인내를 사랑은 때로는 요구하기도 합니다.

대상의 마음이 한결 같기를 기대한다면 똑같이 지조를 지켜야
이치에 맞을 겁니다.
메마른 땅에 뿌리를 내리고 꽃피어 열매를 맺는 날
사랑의 향기가 그득하겠지요.

제발 이 눈을 감기고 머리를 덮어버리는
꿈이 아니었으면 좋겠습니다.

12

세간의 바람을 막아주고
닫혀져 있던 마음의 메마른 곳을 적셔주고
타는 땅에 버티고 있는 바위 그늘이 되어주고
탄식하는 말에도 귀를 기울여주고...
주변인정을 살피어 두눈 부릅뜨고 감시 하여
조급하게 행동하지 않도록 담대히 붙잡아주고
잘못된 인식으로 다른 이가 공격할 때 방어해주고

이런 사람이 그대 곁에 있다면...
말뚝이 뽑히지 않고 줄하나 끊어지지 않는
세상 어디에도 견줄 수 없는 그는
그대 삶의 주인공입니다.

13

사람들이 많이 오가는 한 유원지에 연못이 있었습니다.
연못 주위에는 물고기를 구경하느라고 사람들이 늘 붐볐습니다.
연못 속에는 갖가지 화려한 색깔을 지닌 비단 잉어들이 항상
떼지어 헤엄치며 놀았습니다.

이 잉어들 사이에 잿빛 색깔의 물고기 한마리가 있었습니다.
이 물고기는 연못 속에서 작은 움직임만 있을 뿐 다른 잉어들과
잘 어울리지 않았습니다.

비단 잉어들은 사람들이 던져주는 먹이를 먹으려고 일제히
수면 위 가까이로 떠 올라 이리저리 뽐내듯이
줄지어 왔다 갔다하며 헤엄을 치곤 하였습니다.

어느날 연못 관리인이 비단 잉어에게 먹이를 주려고 왔다가
경악하고야 말았습니다. 비단 잉어가 모두 죽어서 수면 위로
떠올라 있었던 것입니다. 알고 보니 연못을 구경하던 사람들이
물고기의 모습을 보려고 물고기에게 끊임없이 던져준 먹이를 먹고
탈이나 잉어가 모두 죽어버렸던 것입니다.

110

단 한마리의 잉어만이 살아남았습니다.
이 잿빛 잉어는 사람들을 경계하여
사람들이 주는 먹이는 먹지 않았습니다.

오로지 관리인이 주는 먹이만을 먹었던 것입니다.

깊은 곳에 은둔하는 물고기일수록
쉽게 미끼를 물지 않는 법입니다.

14

그대를 보았던 어느 처음 시대에...
나는 피다만 꽃이었습니다.
흑암의 세월을 뛰어 넘어서...
나는 꽃이 아닌 열매를 맺으려
지금 진통을 겪고 있습니다.

그대를 바라보고 있으면...
아무리 걸어도 지치지 않고
아무리 뛰어도 고단하지 않는 건
남은 생을 그리고 있기 때문일 겁니다.

하늘을 움직이는 힘을 얻으려면
명분이 있어야 하고,

사람의 마음을 얻으려면
자비와 사랑이 있어야겠지요.

명분이 없는 영광과 사랑없는 결실은
아무런 의미가 없기 때문입니다.

15

스승 옆에 법과 밥이 있으면 수행이 즐거운 삶이 되고,

법은 있고 밥이 없으면 수행이 어려운 삶이 되고,

밥은 있고 법이 없으면 후회와 미안함에 떠나가고,

법이 없고 밥도 없으면 하직을 고하지 않고 말없이 떠나간다.

새가 쉬고자 할때 반드시 쉴 수 있는 숲의 나무를 선택하며

양팔로 꺼안을만한 아름드리 나무는 대붕새 9만 마리까지

날개를 펼쳐 앉는다.

어찌 소수의 학이 대붕새 무리와 비교가 되겠는가?

스승을 떠나는 것은 큰 그릇이 되기 위함이니

큰 나무일수록 작은 언덕에 살지 않는 연고이다.

16

아들 셋을 둔 남자가 있었습니다.
평생을 부지런히 성실하게 산 덕분에 재산도 모았고
아들들도 잘 성장하여 결혼도 시켰습니다.

그는 아들들이 결혼할 때 마다 며느리와
삼년을 함께 살다가 분가를 시켰습니다.

그리고 세월이 흘러 나이를 먹으니 몸에 병이 침노하여
남은 생이 얼마 남지 않았음을 그는 알게 되었습니다.

그는 마지막으로 아들들과 며느리들을 불렀습니다.
그리고는 가지고 있는 재산을 나누어 주었습니다.

첫째 아들은 집 한 채를 주었고
둘째 아들은 통장에 입금되어 있던 돈을 주었습니다.

그런데 셋째 아들에게는 아무것도 주지 않고
셋째 며느리에게만 책을 한 권을 주었을 뿐입니다.

하지만 그의 뜻을 알길 없는 막내 아들은
아버지를 원망하며 돌아섰습니다.

20여 년의 세월이 흘렀습니다.
두아들과 며느리들은 있는 재산을 그간의 세월속에 다 써버리고
겨우 겨우 자식에게 의탁하는 생활을 하였습니다.

셋째 아들은 아버지를 원망하며 살다가 병으로 이미 죽었고
혼자 남은 셋째 며느리는 유산으로 받은 책 한 권을 탐독하여
지혜를 얻었습니다.

그리고는 보물까지 갖게 되는 행운을 얻었습니다.

유산이라는 것은 분명 주는이의 뜻이 담겨져 있습니다.
그 진실은 세월이 지나봐야 밝혀지는 것이니까요.

17

이스라엘 왕들 중에 정치를 잘하여 백성들에게 존경받는
덕망 높은 왕이 있었습니다.
이 왕은 밤낮으로 민생을 생각하고 실천하며
철저히 자신을 늘 경계하며 살았습니다.
다른 사람에게 누가 되지 않는 삶에도 불구하고
어느 해인가 알 수 없는 병명에 시달리며
자리에 눕고 말았습니다.
병명을 알길 없으니 고치는 이가 없었고
왕은 예언자를 불렀습니다.
왕을 본 예언자는 하늘의 뜻이라고 말하면서 자리를 물러났습니다.
그날 밤 왕이 꿈을 꾸었습니다.
누군가가 모습은 보이지 않고 빛으로만 나타나서
왕에게 물었습니다.

"네가 무엇을 나에게 청하느냐?"

그러자 왕이 대답하기를

"제가 백성을 위하여 할일이 있습니다. 그것만 끝내놓고 저를 데려가십시오. 이 일에는 많은 백성의 미래의 삶이 걸려있습니다."

그러자 천둥같은 소리가 들려왔습니다.

"너에게 10년이란 세월을 덤으로 줄 터이니 그 시간 안에 모든 것을 이루고 나면 그 때 데려가겠다."

그리고 빛은 사라졌습니다.

왕은 약속대로 바라던 바를 이루고 10년을 채운 뒤 죽었습니다.

15년 전 서른 아홉살인 그녀는 알 수 없는 병에 시달렸고 원인을 찾지 못하던 중 한 사찰에서 스님을 만났습니다. 그녀를 본 스승님은 그녀의 명이 세상에서 이미 다했음을 아시고 명줄을 늘리는 방법을 알려 주었고 그녀는 하고 싶은 일을 이루고자 스승님의 뜻을 따랐습니다.

그리고 2012년 꼭 15년 째 되는 해가 돌아왔습니다.
어젯밤 그녀는 꿈을 꾸었습니다.
15년 전 모습의 그녀가 죽어 관에 입관하는 광경이 보였습니다.
그리고 어떤 빛이 그녀의 영혼에게 말했습니다.

"지금까지 네가 살아있는 건 네가 하고자 하는 일이 아직 실현되지 않았기 때문이다.
이 일을 다 이루고 나면 너는 세상을 뜰 것이다."

그리고 그 빛은 사라졌고 그녀는 2012년 2월 4일인 오늘도 아침을 맞이 하였습니다.

18

인연이라는 것은 먼저 알았다고 해서 좋을 수만은 없고
나중에 알았다고 해서 먼저보다 나중이 나쁠 수 없는 법

공중을 날으는 두 마리의 새가 각기 다른 나무에 앉았다고 해서
그림자가 먼저 나타나고 나중에 나타나지 않는 이치이다.

자연은 남 걱정 안하고 자신이 해야할 일들만 걱정하기에
순리에 따라 영원 불멸의 세계를 이룬다.
사람의 인연도 이와 같다.

양주 백탑사 스님인 도창은
시주의 물건을 습관처럼 자신의 임의로 함부로 써 버렸다.
어느날 대낮에 저승사자 여럿이 도창이 있는 방에 들어와
도창을 밖으로 끌어내어 도창의 머리를 잡고
목을 치려 하였다.
도창이 놀라 목숨을 살려달라 애걸하였다.
저승사자가 말하기를

"네가 사용하는 시주받은 물건을 대중에게 돌려주어라"

그리고는 사라졌다.
도창이 즉시 대중을 불러 모아 잘못을 뉘우치고
물건을 모두 희사하고 공양을 차렸다.

도창은 한벌의 승복과 발우만이 있을 뿐이었다.
3일 후에 저승사자가 다시 와서 이를 확인하고
말없이 하늘로 사라졌다.

보시란, 주는 이, 받는 이, 베풀어지는 것이 청정하고
선근의 인연이 성숙해야만이 무량 공덕을 얻을 수 있다.

19

그대를 쳐다보는 시간 만은 세간의 걱정도 원망도
모두 내려놓습니다.

이 순간의 시간 만큼은 진여의 세계이기 때문입니다.

그대가 없어지는 것도 아니고 놓친 것도 아니니
느낌으로 기억으로 채워 놓습니다.

내 눈은 초롱초롱 별이 되어 그대의 온몸을 비추고 싶습니다.

천년 만년 가도 변하지 않고 없어지지 않는 법신불처럼
이 세계를 접는 날이 와도 그대의 존재를 찾아서
나는 또 그대를 만날 것이기 때문입니다.

20

힘들 때 마음이 기쁘고 가슴을 뛰게 하는 이가 있다면

마음을 묶어 기대고 싶어하지만...

세간은 바람을 손아귀에 움켜잡을 수 없고

물을 옷자락에 담아두는 사람도 없다.

빛을 기다렸는데 도리어 어둠이 오고

환하기를 고대했는데

앞길이 깜깜할 수도 있다.

목적지를 가려고 승차를 했는데

운전하는 이가 없다면 갈 수가 없듯이

마음이 절실하면 뜻이 신앙같은 존재가 된다.

삼달지(三達智) ... 이것이 살아가는 이유임을 잊지 않게 하소서.

21

모든일에는 순서대로 가고 그 행로에 따라서 성공해야
행복한 삶을 영위할 수 있다고 믿는것이 세상 삶이다.
그러나 물구나무를 서면 모든 사물이 거꾸로 보이듯
세상 일은 때로는 반대로 진행될 때가 있는 법이다.
아무리 원하고 노력해도 뜻대로 되지 않는 일이 더 많다.
그것이 부모 자식간의 일로 믿음이 깨진다면 생이 복잡해진다.
세상이 떠 받드는 가치들이
인생에서 행복을 얼마만큼 가져다 줄까?
누구에겐 흔적으로 남는 상처일 수도 있고,
누구에겐 생에 전부일 수도 있을 것이다.
체면 때문에 서로의 상처를 모른 체 한다면
정신을 죽이는 삶을 살게될 것이다.
상호간의 믿음이라는 것은 어떠한 일에도 굴하지 않고
오히려 대상만 집중하여 바라볼 수 있는 것이기 때문이다.
대상을 지킨다는 것은 약속이며 살아있는 정신이다.

하늘은 보여주고 알게 하되 깨닫기를 원하지만
하늘의 뜻에 손으로 눈을 가리는 건 사람이다.

22

지성만으로는 이해할 수 없는 오직 마음으로 통해서
깨달을 수 있는 것을 '무지의 구름' 이라 합니다.
마치 태양 표면이 폭발하여 지구와의 먼 거리에
빛으로 나타나는 현상의 오로라와 같습니다.
빛은 볼 수 있지만 만질 수 없고
느낌으로만 인지할 수 있는 바람처럼
그저 신비주의로만 다가오지요.
지금 이순간에도 벌어지고 있는 모든 사건 속에서
진통을 겪는 단계를 거치고 나면
항아리에 밑술 처럼 가라 앉고
맑은 술처럼 잔잔한 평정으로 상황이 바뀔 것입니다.
바뀐다는 것은 거듭난다는 뜻이기도 합니다.

세웠다가 헐 수 있고 심었다가도 뽑을 수 있는
능력을 가진 존재를 신이라 한다.
인샬라. 인샬라. 인샬라........

23

"크로노스" 란 인간의 시간으로 내가 생각하고 결정하는 시간이고
"카이로스" 는 신의 시간으로 표현합니다.
인간의 시간 속에 살면 불안하고 근심 걱정에 시달리지만
신의 시간 속에 살면 어려움과 두려움이 사라집니다.
사랑이 깊어지면 그 대상에 맞추어 생각하고 행동하게 됩니다.
인간의 시간과 신의 시간이 삶을 이어가는 힘이라면
나에게 평화를 주는 건 그대를 향한 그리움의 시간입니다.

24

스승이 가르쳐 오던 제자들에게 말하였다.

"새장속에 갇혀있는 새를 한 마리씩 꺼내어 제각기 아무도 모르게
새를 죽여서 나에게 가져오너라."

스승의 말에 제자들은 잠시 어리둥절하더니 이내 새장 속에서
새를 한마리씩 꺼내어 뿔뿔이 사라졌다.

잠시후 제자들이 하나둘 모여 들더니
죽은 새를 안고 스승앞에 도착했다.
하지만 스승은 죽은 새를 보고만 있을 뿐 한마디도 하지 않았다.

그런데 제자 하나가 어떻게 된 일인지
하루 해가 저물어 가도록 나타나지 않아
모두 기다리고 있는데 밤이 되어서야 그 제자가 나타났다.

그는 품에서 죽이지 못한 살아있는 새를 안고 있었다.

그 제자는 스승에게 말했다.

"스승님 동서남북 사방을 둘러보아도
아무도 모르게 새를 죽일 장소를 찾지 못했습니다.
사방이 풀이 보고 있고 나무가 보고 있고
바람도 물도 돌도 다 나를 보고 있는데 그 어느곳에서도
아무도 모르게 새를 죽일 수가 없었습니다."

때로는 침묵이 현명한 진실일 때가 있는 법이다.

25

모라 성요한 성당에는 나에게 감명을 주는 조각상이 있습니다.

지그시 눈을 감고 생각에 잠긴듯

어린양을 안고 있는 예수의 모습입니다.

이 목상을 볼 때 마다 전해오는 느낌이 다릅니다.

그것은 살아온 시간과 살아가는 시간속을 되짚어보게 하고

침묵 속에 진실을 이야기 합니다.

산도 건너보고 물도 건너보고 들도 뛰어가다 보면 넘어지고 다치고

격려해주는 이 없어 괴롭고 슬프고 눈물납니다.

하지만 실패가 두려워 가만히 있으면 모든 시간이 정지되는 듯

조용하겠지만 그것으로 그만일 겁니다.

생각이 많고 깊을수록 선뜻 행동하기를 내면에서 거부합니다.

그러나 움직이지 않으면 죽은 삶이겠지요.

가다가 지쳐 넘어져도 손을 내미는 이가 없어도

포기는 말아야겠는데 역시 힘에 부칩니다.

이것이 인생이고 세상에 존재하는 이유일 겁니다.

병이 났을 때, 육체를 치유하는 수많은 약이 있지만
정신을 치유하는 건 단 한가지, 사랑의 묘약이다.

26

쇼윈도우에 진열된 마네킹이 있었습니다.
그곳에 처음부터 지키고 있던 마네킹이 우쭐대며 나중에 온
마네킹을 보고 얘기합니다.

"세상사람들은 우리를 보고 부러워하지. 왜냐하면 새옷이 입혀질
때 마다 감탄을 하거든."

그러자 옆에 있던 마네킹이 말합니다.

"하지만 언젠가는 우리도 유행이 지나고 나면
쓰레기통에 버려지는 신세가 될 거야.
그때는 아무도 사람들이 관심을 갖지 않게 되겠지."

누구나 새옷을 동경하지만
유행이 지나면 관심을 갖지 않지요
사람의 생각과 마음이란?

27

동네 아파트 단지 내 입구에 항상 한자리에서만 지키고 있는
유기견 한마리가 근처를 배회합니다.
이 유기견은 승용차들이 주차할 때마다
운전석에서 내리는 사람의 얼굴을 유심히 쳐다봅니다.
이내 확인하고는 멀찌감치 떨어져서 사라졌다가
또다른 차가 들어오면 다시 뛰어가 확인합니다.

내가 알기로는 일년이 넘게 하루도 빠짐없이
그 자리를 지켜 온 것 같습니다.
주인이 이사가면서 개를 일부러 데려가지 않은 것 같은데
오늘도 이 유기견은 같은 곳에서 주인을 기다립니다.

잊고 싶은 사람의 마음은 현실에서 고통을 피하려 하지만
제 주인을 기억하는 유기견의 마음은
현실의 고통을 감내하려 합니다.

절실하면 대상에게 그 마음이 보이는 법입니다.

28

마음에서 마음으로 전달되는 것을 이심전심이라 하지만
측량할 수 없는 것이 사람 마음이지요.

눈 앞의 이익을 얻고자 한다면 작은 것은 취할 수 있어도
큰 것은 놓치는 계기가 되지요.

세간의 일은 진실이 거짓으로 거짓이 진실로 둔갑할 때가 있지만,
이로 인하여 마음의 상처를 입고 마음을 닫고 사는 이유도 됩니다.

손바닥을 쉽게 뒤집는 것 처럼 판단하여 행동한다면
대상의 인격과 혼을 죽이는 것과 같지요.

결국은 부메랑처럼 돌아오는 것이 세간입니다.

거짓은 지는 태양처럼 어둠이 기다리지만
진실은 떠오르는 태양의 밝음이 기다리지요.

29

부산 동래에 있는 마트의 와인코너에서
판매를 담당하는 여자가 있었습니다.
그녀의 모습은 항상 올림머리에
자체 상품의 로고가 그려진 앞치마를 두르고 있었습니다.
이런 그녀의 모습은 언제부터인가 고객들 사이에서
누군가 숨어서 그녀를 지켜보는 이가 있었습니다.

그를 아는 사람들은 그를 보고 바보라고 수군거렸습니다.
어눌한 말투와 초조한 듯 한 자리에 잠시도 있지 못하고
주변을 어수선하게 만들곤 했는데
언제부턴가 그는 와인 코너에 있는 여자에게 마음을 뺏겼습니다.

그의 어머니는 아들의 행동이 변한 것 같아 뒤를 밟았고
마트에서 하루종일 그녀를 숨어서 지켜보는 아들을 보고
사연을 알고 아들의 행동을 측은하게 여겼던 어머니는
눈물을 지었습니다.
늘 부부가 아들곁에 있어도 17년동안 마음을 열지 않던 아들이기에
어머니는 결심을 합니다.

아들을 위해서 그 와인코너의 그녀에게
아들에 관한 부탁을 하게됩니다.
그녀는 당황했지만 그의 어머니의 부탁으로
그가 찾아오면 웃어주었습니다.
그 다음날도...

그렇게 몇개월이 지나고 그녀는 직장 일로 서울로 가버렸지만,
이미 그녀가 직장에 없는데도 그는
그녀가 오기만을 매일 기다립니다.
그의 어머니가 또 이 사실을 알고 매일 아들을 찾으러 마트에 와서
그녀에 대해 설명을 하고 억지로 이끌려가다시피 집으로 가지만,
다음날도 또다시 그는 혹시 그녀가 나타나지 않을까
기대감으로 마트로 또 갑니다.
사랑의 큐피트 화살은
그 누구도 차별하지 않고 심장을 향해 다가갑니다.
지금도 누군가는 해바라기 사랑을 할지도 모릅니다

마음을 관하는 한가지 법이 모든 행을 두루 거둔다.

30

강원도 산간에 있는 마을에 일찌기 남편을 여의고
모녀가 근근이 살아가고 있었습니다.
하루하루 남의 밭일을 해주고 생활을 이어나가던 중
어미는 눈시력을 잃어가는 바람에 영영 볼 수 없게 되었고
어린 딸은 동네에서 밥을 얻어다 끼니를 이어갔습니다.
이듬해에 흉년으로 농토는 흉작으로 민심까지 흉흉해졌고
더이상 마을에서 양식을 얻기가 힘들어지자
딸은 이웃마을에 갔다가 부잣집에서 식모살이를 하게 되었고
어미에게는 사실을 숨겼습니다.
댓가로 약간의 돈과 쌀을 받았습니다.
그 쌀로 끼니때마다 따뜻한 밥을 지어
어미를 봉양하였습니다.
그런데 어미는 쌀밥을 먹을때마다
몹시 체하거나 소화가 되지 않는 불편함을 자주 느꼈습니다.
어미는 짐작한 바가 있어 어느날 딸을 추궁했고 이웃마을에서
딸이 식모살이를 한다는 것을 알고 몹시 가슴아파했습니다.
어미는 가슴에 돌을 앉혀놓은 것같은 괴로움에 시달렸습니다.

부모가 자식을 생각하는 마음과 자식이 부모를 생각하는 마음은
이렇게 차이가 나는 것입니다.

우리나라에 많은 종파가 있음에도 외국처럼 종교전쟁이 없는 것은
효의 사상이 뿌리깊게 잠재되어 있기 때문입니다.
어떤 처지에 있든지
부모를 섬기는 자식이 으뜸인 겁니다.

본래 마음이 그럴 할 진대
내일이라고 쥔 손이 안 펴지나.

31

긴 하루가 있고 짧은 하루가 있습니다.
목적이 있으면 시간이 더디게 갈 것이고
원이 있어 갈망하면 더 길게 느껴지겠지요.
조급한 마음에 서둘면 다친다는 것을 알기에
기다림의 시간은 인내를 필요로 하지요.
힘의 논리로 행동하는 사람과 덕을 갖춘 사람의 행동에는
분명 차이가 있습니다.
내 중심이 힘인지 아니면 덕인지는 자신이 더 잘 압니다.

황금빛 긴 날개를 가진 '금시조' 라는 새는
하늘을 높이 날다가 바다로 향하여
큰 날개로 파도를 치면 물이 갈라지면서
바닷 물속의 '용' 을 잡아먹지요.

강한 것에 집착하면 더 강한 것에 먹히게 되어 있지요.
이것이 자연의 법칙입니다.

32

어부는 성난 바닷 바람이 두렵습니다.

목숨을 걸고 그물을 칠 때 장애를 받기 때문입니다.

강을 건너야 하는 뱃사공은 성난 강바람이 달갑지 않습니다.

노를 젓는데 힘들기 때문입니다.

들판을 휘감는 세찬 들바람도

새들에겐 날개짓 하는 데 힘이듭니다.

그러나 그 어느 누구도

바람을 조종할 수 없는 것이 자연의 힘입니다.

지금 이시각 가뭄의 흉작이 예상되면서

세계는 곡물대란을 걱정합니다.

과학이 자연의 힘을 이길 수는 없습니다.

바람의 시작과 끝은 아무도 모릅니다.

찌는 폭염에 몸이 지쳐가지만

단순한 선풍기 바람에 더위를 식힙니다.

선풍기가 없는 시절도 있었지만 세대가 불평만 늘어갑니다.

자신에게 없는 것은 못 견뎌하고 채우려고 애쓰면서 살아갑니다.

매년 여름이면 계곡은 몸살을 하면서도 계곡을 찾는 사람들에게
고스란히 내어줍니다.

조건 없이 내어주는 것. 이것이 자비입니다.

33

물은 모든 생물을 살려 내는 생명의 원천입니다.

우리가 먹는 식량의 근원지의 빗물은 농사와 더불어

인간이 생활 용수로 사용하며 하수구로 흘려보내는 물도

처음부터 흐린 물은 아니었습니다.

여기저기서 흐르는 작은 물들이 모여 냇가로 흘러가면

작은 생명체들을 키우는 역할을 하며

또다시 강물을 만나면

생활용수로 되돌아오는 역할을 합니다.

강물이 흐르다가 바닷물과 만나는 지점에서 물은 바닷물과 섞여

짠물로 변화 합니다.

드디어 넓은 바다의 운명이 되어 망망대해로 흐르게 됩니다.

긴 기다림으로 만난 그대와의 인연이 바닷물 같이
평생을 함께 넓은 세상을 가고 싶습니다.

34

모라성요한 성당에는 성전 안 제대 옆에 신비한 힘을 가진
성모상이 있습니다.
갈색 빛의 이국적인 모습으로 두손을 모으고
몇 년 동안 그자리를 지켜왔습니다.

앞 좌석에서 보면 눈을 감은 모습인데
촛불 하나 봉헌하려고
제대 가까이 가서 보면
분명 두눈을 뜨고 있습니다.

왜 몰랐을까요?

몇 년 동안 성모상을 볼 때 마다
두눈을 감고 있는 줄만 알았습니다.
좀 더 가까이 가서 무릎 꿇고 보았더라면 알았을 텐데...
이렇듯 쉽게 생각하고 옳다고 판단하는 기준이
오히려 틀릴 때가 많은 법이지요.

지은지 몇년 안되는 이 성당에서 분명 기적이 일어나고 있습니다.
기적이란 갑자기 일어나는 것이 아니고 집중하여
한 곳에 정성을 들이다 보면 일어나는 것이지요.

몰입하여 '활' 을 쏘면 바위도 뚫는다.

35

대상에게 어둠이 이몸을 가려 달라고

빛보고 밤이 되어 이몸 감춰 달라고...

가린다고 가려지나요?

숨긴다고 숨겨 지나요?

대상을 향한 마음은 빛도 어둠도 구별이 있을 수 없지요.

내 오장 육부와 세포의 움직임은 세어보면 모래보다 많지만

걸을 때나 누을 때에도 대상을 향해 끝없이 움직입니다.

하지만

그대를 위한 내 힘이 미치지 않는건

그대의 마음이 높은 곳을 바라보고 있기 때문입니다.

높은 곳은 쉽게 볼 수 있지만 먼곳은 쉽게 보이지 않지요.

사람은 자신의 경계 안에서 현실을 바라보려고 합니다.

36

많은 정보의 홍수 속에 세상은 시끄럽고
삶은 갈수록 복잡해졌지요.
눈을 뜨고 귀를 열고 사니 그렇습니다.

좀 더 거리를 두고 세상을 관하면서 살면 편하겠지요.
눈을 감고 귀를 닫고 있으면 됩니다.

삶이 불행하다고 느끼는 건 자신의 길에서
자신의 덫에 걸려 넘어지기 때문에 일어나는 것이지
대상이 이유가 될 수 없지요.

하지만 불모지에서도 약이 되는 쑥은 자라고
진흙 속에서도 청정한 연꽃은 피지요.
그대의 모습이 덧없이 사라지는 이슬과
아침안개 같은 사랑이 아니였으면 합니다.

현자의 말을 슬기로운 자는 눈이 열려 환하게 볼 것이고
귀가 열려 들릴 것입니다.

37

만석꾼 집안에서 혼기가 찬 외아들이 있어

신부감을 찾고 있었습니다.

그런데 만석꾼 주인은 중매 잘하기로 소문난 매파에게

며느리감의 조건을 제시하였는데 내용인즉 이러하였습니다

혼숫감도 필요없고 다만 한달 간 시험을 거쳐야만

며느리가 될 수 있다고 하였습니다.

소문을 듣고 여기저기서 매파의 말을 듣고 처녀들이 만석꾼 집에

찾아왔습니다.

만석꾼 집안에는 작은 별채가 하나 있는데 쌀 한 되를 처녀들에게

주고는 한달간 별채에서 버티라는 것이었습니다.

하지만 처녀들은 며칠도 못 버티고 다들 돌아가 버렸습니다.

소식을 들은 이웃에서 만석꾼 주인을 보고 수군대며 의아해하였고

아무도 만석꾼 집에 더이상 가겠다는 신부감은 없었습니다.

이즈음에 같은 마을에 사는 처녀 하나가 찾아왔습니다.

처녀는 지혜로왔지만 넉넉하지 않은 집안 사정 때문에

혼기를 놓쳐버린 처녀였습니다.

자초지종 말을 들은 만석꾼 주인은 별채에 머물게 하고

쌀한되를 주면서 한 달을 기거하게 하였습니다.

그런데 한달이 다되어 가는데도 처녀는 별채에서 나오지 않았습니다.
집사를 시켜 동태를 살피라고 하였는데
방안에서 바느질을 하고 있다 하였습니다.
이상히 여긴 주인이 별채에 가보고 처녀를 불렀습니다.
밖으로 나온 처녀에게 만석꾼 주인이 물었습니다.

"도대체 한달 간 뭘 먹고 살았더냐?"

처녀는 이렇게 말했습니다.

"이집 찬모에게 처음 온날 제가 부탁을 했었습니다.
이웃마을에 가서 바느질 감을 얻어다 달라고 하였고
그래서 받은 삯 값으로 쌀을 사서 한달간 밥을 지어먹고 살았습니다."

이 말을 들은 만석꾼 주인은 처녀를 기특하게 생각하고
그날 당장 며느리로 맞아들였습니다.

뿌리가 깊은 나무일 수록 쉽게 뽑히질 않지요.
뿌리가 얕은 덩쿨 식물은 이런 나무에 가지를 뻗고 기대어 삽니다.

만석꾼 천석꾼이 쉽게 망하지 않는 이유는
근본의 자산을 축내지 않고 지켜내기 때문입니다.
이것이 가정 경제의 기본원리입니다.

지도자란 인재를 알아보고
등용할 줄 알아야 미래가 밝지요.

38

강을 건너려면 나룻배를 타야하고
먼 바다를 향해하려면 선박을 타야하지요.
생은 어쩔 수 없이때로는 배를 갈아타야하는 시기가
누구에게나 다가오지요.

주어진 환경에 안주하려는 사람과 이상의 꿈을 펼치려
보다 넓은 세상과 높은 곳을 올라가려는 사람의 생각에는
차이가 있습니다.
하지만 그것이 뭐가 그렇게 중요하겠습니까?

가슴에 어떤 것을 담고 살든 자신의 삶에 의미를 두고 사는 건
다 마찬가지입니다.

지금 시대는 경제적 어려움에 처해 있는 많은 이들을 위한
이익을 줄 수 있는 사람을 필요로 하는 세상이 되어가고 있습니다.

정의가 강물처럼 흐르고
대상을 위하는 마음이 바닷물처럼 깊을 때.....

다만 하늘은

약자를 위하고 평화를 위하여 일을 하는 사람의 편을 들어주어

뜻을 먼저 이루게 하도록 배려합니다.

강자가 약자의 약점을 이용하여 공격하는 것은

동물근성이지만

강자가 약자를 배려하는 것은 사람 도리의 근본입니다.

39

영토 전쟁으로 끊임없이 싸움을 하던 삼국시대에
전쟁에 승리하여 빼앗긴 영토를 되찾고
기쁨을 나누고자 승리한 병사들을 위해
왕이 궁중에 큰 잔치를 베풀었습니다.
궁중에 있는 왕비를 비롯하여
모든 궁녀들을 참여하게 하였고
저마다 후궁들은 왕에게 잘 보이려고
온갖 치장을 하고 잔치에 참석하였습니다.
잔치가 무르익을 쯤 왕은 그제야
옆자리에 있어야 할 왕비가 없음을 알았습니다.
잔치를 시작할 때부터 왕비가 참석하지 않음을 안
화가난 왕이 신하에게 물었습니다.

"왕비가 왕의 명령을 어겼을 때 어찌 하면 되는가?"

신하가 왕에게 아뢰길

"왕께서 왕비를 폐하시고 후궁 중에 왕비를 삼으소서."

왕은 사람을 보내 지금 왕비가 뭘 하고 있는지
알아 오라고 하였지만
왕비는 한식경 후에야 왕 앞에 늦게 나타났습니다.

그런데 왕비의 옷차림은 하얀 소복을 입고 있었고
놀란 왕이 왕비에게 잔치에 불참한 연유를 묻자
왕비는 서글픈 눈으로 왕에게 말했습니다.

"왕이시여. 영토싸움에서 승리한 기쁨을 신하와 백성과 함께 나누
는 것도 좋지만 전쟁터에서 싸우다 죽은 병사들이 저는 안타까웠습
니다. 잔치엔 제가 없어도 기쁨을 누릴 수 있지만 죽은 이들은 누가
위로 해주겠습니까? 그들의 희생이 없었다면 어찌 이기쁨이 있을
수 있겠습니까? 마침 오늘이 보름이라서 죽은 병사들의 영혼을 위
로하는 위령제를 조용히 지내고 있었습니다."

왕비의 말을 들은 신하들은 숙연해졌고, 속깊은 왕비의 마음에 왕
은 몹시 흡족하였습니다.

오히려 기쁠 때는 초상집을 생각하고
슬플 때는 잔치집을 생각해야
화가 미치지 않는다하지요.

영토전쟁은 수세기에 걸쳐 끊임없이 이어왔던 것이지요.
로마 제국이 번성하던 시기에
제국이 강했던 것은 원로들의 단합된
지혜의 정치가 있었습니다.
강대국일수록 원로 중심의 정치를 합니다.
하지만 수가 없을 땐 힘들어도 버텨내야 삽니다.

40

한 지방 관료는 그간 집안 살림을 관리해온 집사가
마음에 들지 않아 궁리를 한 끝에 집에 오는 손님 접대를
소홀히 한다는 핑계로 쫓아내려고 하였다.

어느날 집사를 불러 말하기를
"손님이 집에 오거든 술과 음식 접시를 다섯 접시 내오던 것을
세 접시로 줄여라." 고 일렀다.

눈치 빠른 집사는
자신을 쫓아낼 구실을 주인이 생각하고 있다는 것을 알고
이 곳을 그만두면 자신을 받아줄 새로운 주인을 만나야 했기에
쫓겨 나기 전에 이 집에 오는 손님 중에 자신을 모실
주인을 찾아야만 했다.
그래서 지방 관료인 주인 말대로 음식이 담긴 접시를
다섯 접시에서 세 접시로 줄였는데
왠일인지 손님의 반응은
전에 없던 집사 칭찬을 더욱더 아끼지 않았다.

오히려 손님 중에는

집사에게 자신의 집에서 일하지 않겠냐고 청하는 것이었다.

이상히 여긴 지방 관료가 차려진 음식상을 보고

그제서야 손님들이 그를 칭찬한 이유를 알았다.

집사는 실속없이 보기만 좋게 나오던 다섯접시의 음식 양보다

세접시의 음식 양을 푸짐하게 가득히 높이 쌓아 담아내어

손님 상에 내놓았던 것이다.

술병의 술 양도 전에는 반병이었지만

한 병 가득히 채워서 내놓았다.

그러하니 손님들은 포만감에 기분이 좋았던 것이다.

집사가 예전 같으면 주인인 관료를 생각하여

살림을 절약하여 많은 재산을 불려주었지만

이젠 더이상 그럴 의무가 없었던 것이다.

은혜를 덕으로 갚지 않으면 재앙이 오는 법이지요.

우물 바닥에서 하늘을 바라보면

하늘이 우물만하게 보이기 마련입니다.

41

몇 해 전부터 늘 그자리에 있던 화초가
더이상 자라지 못하고 시들시들 합니다.
자세히 보니 뿌리는 멀쩡하게 살아있는데
억지로 억지로 생명을 유지하는 듯 합니다.
푸르던 잎은 변색되어 관상용으로 보기에는 퇴색되어버려
버리기는 아깝고 그냥 구석진 자리에 밀어놓습니다.

사랑으로 키워야 화초가 잘 자라던데...
시들어가는 화초의 모습이 지금의 내 모습 같아 우울합니다.
주변의 모든 일상의 일들이 억지를 부린다고 될까요?
이런 내 마음이 감성을 자극하면서 마음의 소리를 듣습니다.
그대의 마음이 지금 찬바람인지 뜨거운 태양의 열기인지...
마음자리에서 스스로 변화되기를 기다려야겠지요.
흐르지 못하고 갇혀있는 물에서도
최소한의 산소만 있으면 물고기는 살 수 있지요

꽃 시장에 갔다가 풍성해 보이는 국화를 보고
마음이 풍요로워졌습니다.

더우면 덥다 추우면 춥다 내색 안하고 참는 것을
사람들은 인내라고 표현합니다.
과연 그럴까요?
나는 홧병이 나던데...

찬바람에 날이 추우면 옷깃을 더 여미고,
날이 더우면 스스로 옷을 벗는 법이지요.

42

모라 성요한 성당에 땅에 기초를 놓고 동산을 세우시니
당신 영이 삶과 함께 머물고 양팔로 터전을 감싸 주십니다.
이루고자 하시면 먹구름을 몰아다가 큰비를 뿌리듯
찰나 이루어지는 이곳에 한결같은 사랑 베푸십니다.

양떼를 돌보시어 당신의 입김으로 동산을 걸으시니
흩어진 인연들을 휘파람 소리로 모여들게 하시나이다.
목적지를 향해 날아가는 기러기 떼처럼 잠시 쉴 수 있는 곳을
찾아 머물다가는 쉼터입니다.

이동하는 기러기처럼 사람의 인연도 잠깐 쉼터같은 인연을
만나기도 하고 평생 같이 가야할 인연을 동행하기도 합니다.
당신영이 숨쉬는 이 동산에 세상의 콧대를 꺾고 이곳에 잠시
머무를 수 있다 가는 것만으로도 축복임을 깨우치게 하시나이다.

성지란 하늘의 뜻을 받드는 자만이 이룰 수 있는 장소다.

43

어부가 물고기를 활어용으로 제값을 받으려면
바다에서 도착지점인 부두까지 무사히
물고기가 죽지 않고 살아있어야 하지요.
물고기를 잡아 배 위에서 관리할 때 다른 종류의 물고기
한 두마리를 잡아 통에 같이 넣는다고 합니다.
활어감의 물고기는 복병같은 다른 종류 물고기에게
잡아먹히지 않으려고 쉼없이 도망다니게 되어
육지에 도착해서도 팔팔하게 살아 있지요.
걸어봐야 뛰는 자에게 이기지 못하고
뛰어봐야 날으는 자에게 이기지 못하지요.
경쟁속에서 살아가지만 예상치 못한 복병은 있기 마련입니다.
복병은 친한 벗이 될 수도 있고 이웃이 될 수도 있고
부부일 수도 있지요.
그래서 말은 조심해야 합니다.

황희 정승은 상하를 막론하고 다 포용할 줄 아는 사람이었습니다.
하인들이 서로 시기하고 질투하여 상전에게 아첨하여 고하면
황희 정승은 그들이 하는 말을 다 듣고 난 뒤에 일일이

"네 말이 맞다."

"너의 말도 맞는 것 같구나"

하고 한결같은 대답만 할 뿐이었습니다.

그래서 문제로 불거지지 않고 잘 지낼 수 있었던 것입니다.

살면서 어떻게 날마다 행복하고 불행한 날만 있겠습니까?
오히려 무덤덤한 세월이 더 많음이
선택함에 있어 다행한 일이지요.
생각을 버리자니 몸이 괴롭고 몸을 버리자니 생각이 괴로워
몸과 생각이 분리되지 않으니,
본심이 중생이라...

보이지 않는 책임감이 강하면
보지 않고도 신뢰할 수 있는 것이다.

44

겨냥된 화살이 번개처럼 날아가
구름을 헤치고 표적을 향해 날아갔지만
태양의 빛은 허락치 않았으며

길이란 길은 걸어보지 않은 길이 없었건만
목적에서 벗어난 길만이 보였으며

인적조차 없는 황야만 보였을 뿐
끝내 그길은 보이질 않았다.

내가 바라는 대상은 영웅이 되고
바라보고 싶지 않은 대상은 역적이 되는 시대의 변천을
미리 아는 지혜가 부족하여 오만이 부른 결과이다.

품은 희망이 공허하고 애쓴 노력이 헛되고
바라던 일이 무익하게 돌아가는 일이 없기를...
거센 물결을 헤치고 가는 배같이

한 번 지나가면 그 흔적조차 찾아볼 수 없는 날들이

2012년 지나가는 구나.

다가오는 2013년 오랫동안 기다리던 달마의 해가
드디어 시작됐다.

머리 위의 태양이 구름에 가려지지 않고
쨍쨍하게 비추기를...

내가 선택하지 않으면 시간은 나를 기다려주질 않는다.

45

사랑은 파도타기입니다.
더 많이 사랑하는 쪽이 항상 아픔을 안고 희생합니다.
사랑의 의존도가 적으면 고통의 원인을 알길 없지요.
다칠까봐 더럭 겁을 먹는 건 대상을 포기하게 될까봐
두려운 거지요.
더러는 숨은 마음이 보일까봐 애가 탑니다.
대상을 더는 볼 수 없을까봐 두려워지지만 파도에 밀리듯
어쩔 수 없이 바라만 봅니다.
사랑으로부터 병이 나고 사랑으로 치유가 됩니다.
그래도 눈 앞에 있으면 마음이 설레는 건
그동안의 기다림이 있기 때문일 겁니다.

왜 넘어질까? 일어서는 법을 배우기 위해서다.

46

시험대에 올려진 한사람이 있습니다.

그를 바라보는 시선은 행동에 대한 그의 잘못된 점만 지적합니다.

또 다른 이는 그가 잘못은 있지만 덮어두고

그의 좋은 점만 지적합니다.

그러나 이는 계산된 생각에서 자신을 인격으로 봐줄 시선 때문에

그렇게 말을 하는 것입니다.

어떤 이는 그가 살아왔던 환경을 보고 판단하여 결정을 짓습니다.

그리고 또 다른 이는 한걸음 뒤에 서서 지켜보며

철저한 방관자의 몫을 합니다.

마지막으로 모든걸 개의치않고 지켜주고 싶은 마음에

감싸주고 고통스럽게 곁에서

바라보는 이가 있습니다.

주위를 한번 둘러보십시오.

어디에 속해 있나요?

길을 잃었을 때 등불을 들고 마중나올 사람이 있다면
행복하지요. 희망을 찾았기 때문입니다.

47

유향처럼 향내를 풍기는 푸르른 나무이길 나는 원했지만
그대는 내가 땅에 묻힌 뿌리이길 원했습니다.

나는 태양의 빛이고 싶어하지만
그대는 내가 달빛에 가려진 그림자이길 원합니다.

나는 새벽 이슬이고 싶어하지만
그대는 거센 빛줄기를 쏟아 나를 적셨습니다.

나는 모든 것을 내 안의 아름다운 삶을 택하여 관하고 싶은데
그대는 하늘의 문을 열어 빛과 어두움을 관하는 두려움을
내게 심어주었습니다.

바란다고 해서 누구에게나 좋은 것은 아니며
모든 사람이 같은 것에 만족하지 않기에
부족한 것을 채우려 애쓰다보면
보다 소중한 것을 잃을 수도 있는 것이 세상 일이기에...

숨은 계획도 꿰뚫어 보고 모든 징조도 알고 있는 그대에게
'지금 왜?' 라고 나는 물을 수가 없습니다.

이미 산을 넘어 강을 건너 바다를 항해하고 있기 때문입니다.

하늘에 등을 돌리지 않는 한
하늘도 내게 등을 돌리지 않는다.

48

몸이 머무는 사랑...

영혼이 머무는 사랑....

만났지만 만난 것이 아니고

보았지만 볼 수가 없었구나.

나의 시각으로만 바라볼 때 그 사랑은 녹이 슨다.

49

벽시계가 멈춰버렸습니다.

시간을 정확히 맞춰 놓았지만 또다시 멈춰버립니다.

충전을 해서 되는 것이 있고 안되는 것이 있더군요.

사람도 이같은 것을...

마음의 차이
나는 대상을 크게 보고 대상은 나를 작게본다.

50

사람의 생각과 하늘의 섭리는 분명 차이가 있습니다.
사람은 현실에 대응하기 따라 결과를 보고 판단하지만
하늘의 섭리는
긴 시간을 두고 그때의 상황에 따라 결정되어 집니다.
포기는 현실에 손을 놓아 버리는 것이고
기회를 놓치는 것은 내 계산이 먼저 앞서
세월을 방치하는 것이지요.

성공은 길어야 10년을 두고 결정되어지기도 하지만
지금 이시간 내 가치에 대한 중간 점검이 필요합니다.
고속도로를 지나다 보면
중간 휴게소를 들리는 것처럼요.

내 마음의 가치는 내가 만들며
가치 기준에 따라 성공도 나를 따른다.

51

한 사찰에서 있었던 일입니다.

동해바다로 방생을 가기로 되어 있었고

이 절에서는 주로 거북이 방생을 하였습니다.

주지스님 밑에서 공부하던 제자가 방생을 가기로 되어있었지만

사정이 생겨 가지 못하게 되자

다른 이로 하여금 대신 거북이 방생을 해줄 것을 부탁하였습니다.

동해바다에 도착하여 주지 스님이 주관하여

간단한 예불이 있었고 해안선 끝에서

한줄로 서서 제각기 거북이를 물에 놓아주었습니다.

물살에 놓아준 거북이들은 제각기 헤엄쳐 사라졌는데

유독 거북이 한 마리만 가지 않고 그 앞에서

빙글 빙글 제자리에서 계속 돌기만 하였습니다.

이를 본 스님이 거북이를 보고 말하기를.

"너를 놓아줄 내 제자는 오늘 사정이 생겨 오지 못했으니 안심하고 가거라."

말이 끝나자 갑자기 거북이가 고개를 쳐들더니

꾸벅 스님께 인사하고

스님얼굴을 빤히 쳐다보고는 바다 속으로 사라졌습니다.

그날 이 광경을 목격한 사람들은 거북이의 행동을 신기하게 여기고

방생의 의미를 다시 한 번 생각하게 되었습니다.

그 때 주지스님의 제자는

최근에 엄청난 크기의 거북이 한 마리를 꿈에서 보았고,

16년 전의 주지스님이 제자의 몫으로 놓아주었던

그 거북이라고 하였습니다.

지금의 그 제자는 현재 '皇燈寺(황등사)' 주지가 되었습니다.

왜 그 거북이가 지금에야 나타난 것일까요?

살고자하면 내 몸이 묶이고
죽고자하면 내 마음이 묶인다.

52

이스라엘 역사에 한 지혜로운 성주가 있었습니다.

그의 성은 단 한번도 적군에게 성이 함락된 적이 없었습니다.

세월이 흘러 성주가 나이가 들어

차츰 분별력이 없어지기 시작하면서

군사들의 기강이 해이해지고 군 사기는 떨어졌습니다.

때를 맞춰 적군들이 이 성을 함락하려 한다는 소식이

성주에게 전해졌습니다.

급히 성주가 장군들을 소집하여 대책회의를 하였지만

적들을 막아낼 힘이 부족하다는 것을 깨닫고

모두들 근근히 하루하루를 버텨냈습니다.

성 내에 모든 물자가 바닥이 날 쯤 적들은 말을 몰아

성 근처까지 도착했습니다.

그런데 이 성안에는 예전부터 하늘의 뜻을 받드는

예언자가 살고 있었습니다.

이 예언자는 적을 물리칠 수 있는 방법을

성주에게 알리려고 했지만 그의 말을 듣지 않고

예언자의 초라한 모습을 본 군사들이 성 밖으로 쫓아냈습니다.

아무도 그의 말을 믿지 않자 그 예언자는 완전히 떠나버렸습니다.
성 밖에서 예언자가 멀리서 성을 바라보니
성은 적군에게 함락되어 불타고 있었던 겁니다.

부는 바람도 작은 소원엔 한쪽으로 기운다.

53

때로는 꽃 한송이가 백마디의 말보다 낫습니다.
문자로 표현하는 많은 글보다
전화 한 통화의 목소리가 반가운 것이지요.
하늘 끝이 손에 닿을 수 없고 마음 끝도 손에 잡히지 않지만
하루 하루의 긴 여운에 그리움도 보고픔도
머리와 가슴으로 담고 삽니다.
현실에서 뜻하지 않은 돌발상황에도 성숙함으로 이겨내고
이 가을의 결실처럼 알알이 열매 맺기를 소망합니다.

下心으로 삶이 변화되지 않으면
나침판 없는 배와 같아 바다를 표류한다.

54

금개구리 두마리가 살던 곳을 나와 길을 가다가
두 갈래 길에서 헤어졌습니다.

한마리는 같은 동족의 개구리가 많이 살고 있는 논밭으로
가게 되었고 또 한마리는 작은 암자 근처에서 살게 되었습니다.

논두렁에 터를 잡게 된 금개구리는 이곳에 먹잇감은 많았지만
다른 개구리들도 많이 있어서 먹이경쟁이 치열했습니다.

암자 근처에서 살고 있는 금개구리는
근처에 있는 샘터에 물을 마시려고 가끔씩 나왔는데
금개구리를 본 사람들은 신기해서 먹을 것을 갖다 놓았습니다.

그 덕에 금개구리는 먹이 사냥을 하지 않아도 살 수 있었습니다.

철이 지나 가을이 오고 서서히 개구리들이 활동을 중지하고
동면을 할 때 쯤 논두렁에 살고 있던 금개구리는
이 지역을 지나가던 뱀의 먹이가 되어버렸고

암자에 있던 금개구리는 그 곳에 기거하던 스님이 뚫어 놓은
바위에 난 작은 구멍속에서 동면을 하게 되었습니다.
많은 세월이 흘렀지만 바위 속의 금개구리는
지금까지도 사람들에게 '금와보살' 이라고 불려지게 된 것입니다.

많은 물방울이지만 합치면
하나의 물방울이 될 수 밖에 없다.

55

신은 분쟁을 일으키는 사람을 제일 싫어하신다.

이에 따른 댓가는 평생 받는다.

세상에서 완전한 성역은 존재하지 않듯

완벽한 자비의 힘은 신에게서만 흘러나온다.

다만 신의 자비를 청하며 용서를 빌 수 밖에 없는데...

대상에게 있는 그대로 보여 주고, 있는 그대로 반겨주고,

사랑을 쏟고, 있는 그대로 믿음으로 기다리고,

망부석이 되더라도 의지로 굴하지 않는 건

어떤 타협이나 조건이 필요가 없기 때문이다.

차라리 묵묵히 한자리를 지키는 고목이려니...

삶이 쓰디 쓴 건 고독하기 때문이리라.

석가모니는 영취산에서 꽃을 들어 뜻을 전했고,

예수 그리스도는 최후의 만찬에서

포도주가 담긴 잔을 들어 뜻을 전했다.

一切唯心造 : 모든 것은 오로지 마음이 지어내는 것.

56

한 사람으로 부터 백팔 번뇌가 일어나며

한 사람의 분노는 화산용암처럼 주변에 모든 것을 태워버린다.

굳이 책임지지 않아도 되는 사람.

도우면 발목 잡힐까봐 두려워하고

무관심으로 일축하며 외면해버리고,

삶이 한 사람으로 인하여 송두리째 흔들린다는 것은

상호 관계가 잘 이루어지지 않기 때문이며,

흐름이 끊기면 더이상 발전할 수가 없지만

떠나는 것을 잘 하지 못하면 '억겁'에 불행을 가져 올 수도...

그것이 좋은 때이든 나쁜 때이든 어차피 모두 받아들이며 사는 것.

작은 불씨하나가 온산을 태운다.

57

저 먼 기억에 마음의 빗장을 열었건만

지금 가슴은 젖어있고, 또다른 고뇌로 가득하네.

향에 피어 오르는 연기처럼 흔들리는 초의 불꽃처럼

내 젖은 눈빛이 흔들리어라.

나. 아무것도 건진 것 없이 인생을 살고 있나?

그물에 가득찬 물고기를 건져 올리는 어부가 더 풍요로워라.

피고 지는 꽃은 돌아오는 계절에 다시 피건만

나. 한번가는 인생이 너무도 애닯고 서러워라.

발이 걸려 앞으로 더 나아갈 수 없고, 보고 느끼기만 하여라.

내 '업' 은 동이 트지 않은 밤이라 또다른 '업풍' 이 되지 않기를...

이제 내 '업' 의 분신들은 흩어지리니.

들숨과 날숨의 미묘한 차이가 생과 사를 오고 가며
선택의 순간도 이와 같다.

58

고통 속에서 '뜻'을 행했던 만큼 희망이 보이지 않으면

하늘의 '뜻'을 잘못 읽었거나 세상 일이 잘못된 거다.

치열하게 '뜻'을 펼쳤는데도 불구하고,

세상에 밀려 굴복한다면

자신을 더욱 용서 못할 것이며,

 '뜻'을 굽히지 않고 서있는 동상처럼 있으리라.

복이란 공으로 받는 것이 아니라
섬기는 마음으로 받는 것이다.

59

행복한 삶은 세상의 많은 시선에 있지 않다.

한 곳이 주체가 되어 기댈 수만 있어도
보물을 얻은 것 같기 때문이다.
무슨일이든 이루려면 뜻이 같은 공통분모가 있어야 하고,
서로서로 섬김이 있어야만 실현이 가능하다.
바라보는 시선이 다르면 한 쪽은 의지가 무너질 수 밖에 없다.
'너는 너. 나는 나.' 가 아닌 '너와 나 우리...'
다그치면 손을 놓을 것 같아 인내로 기다렸건만...
'너는 너. 나는 나.' 라 한다.
나는 보이는 길만 걸었지 숲을 가지 않았던 거다.
인생의 지팡이는 어디 있나
누구에겐 '한 입김' 밖에 안되는 '생' 이려니.

"유교 사상의 뿌리가 깊은 건 섬김에 있기 때문이다."

60

거북이가 땀을 흘리면 안개가 낀다.

일어나는 모든 일들이 미래의 징조다.

왔던 길을 되돌아 갈수 없어 계속 전진하듯 나갈 뿐이다.

기대와는 자못 다른 삶이라도 그 속에

숨은 뜻을 찾고자 한다면 댓가는 돌아오리라.

단 하루뿐인 하루살이가 내일의 삶을 어찌 알겠는가?

61

본래의 네 것이냐 내 것이냐
본향으로 돌아갈 때 놓고 갈 것을.
마음을 탐하여 쥐고 흔들고
욕심내는구나.
햇빛이 찬란한들 이몸 비출소냐.
달빛이 비춘들 이몸 숨기랴.
세상 탈춤 놀이에 한바퀴 돌아보니
님의 모습 감추었고
돌고 돌아도 제자리 일세.
동쪽의 회오리가 북극성 빛에 머물다
서쪽으로 돌아가니 이제 본향으로
돌아갈 때가 되었구나.
황등사여.....

출렁이는 물결은 볼 수 있지만
물 속의 수심은 헤아리지 못한다.

62

내 몸속 오장이 다 소멸한들 너의 기억을 잊을까.

너와 나의 거리는 불과 서너 계단의 거리라

너는 나를 '상(相)'으로 바라보지만

나는 너의 상처를 '천계(天戒)'의 눈으로 보고 있으니

내 가슴으로 너를 담는다.

서럽게 흐느끼는 모습으로 나를 바라보며 합장하고

자비심을 청하는 너에게 세상사 울컥하는 심정으로

원망을 말지니 모든 인연이 '업'으로 되돌려 받는 것이다.

인욕으로 참고 참아야 소멸 되느니

지금의 '자성(自性)'이 내일의 삶을 만들고

마음으로 흐린 물은 제 모습을 비추지 못하며

참 '나'를 찾지 못하여 이곳 저곳 헤매지만

마음으로 가라 앉힌 맑은 물은 제 모습이 선명하게 나타내는 이치니

이를 '수견(水見)'이라 함이라.

가진 것이 없으면 산천초목도 다 내 것 같고 가진 것이 많
으면 잃을까 두려워 하늘도 보이질 않는다.

63

조용한 새벽을 흔드는 황등사의 종소리...
오늘 종소리는 헤설프게 처량히 우는구나.
누구를 위함의 종소리인가?
오는 이의 길잡이인가?
가는 이의 길잡이인가?
나고 죽는 것을 어찌 알까보냐.
모든 만물과 법계를 불심(佛心)으로 깨우려 하네.

소유하지 않았다고 해서 소유못한 것이 아니다.
하늘의 별이 늘 그자리에서 빛을 발하는 것처럼.

64

   '임'이 가시는 길 발에 흙이 묻을세라 저만치 앞서가다
몸을 땅에 엎드려 긴 머리카락으로 길을 쓸었다.
   '임'이 이 모습을 보고
다음 생에는 깨달은 이가 될 것이라 일렀다.

많은 이들이 존경한다, 사랑한다 하고
   '임'을 우러러 보고 따라다녀도
오직 단 한사람 여인 하나가 '임'에게 행했던 것은
   '임'의 발등에 향유를 붓고
자신의 머리카락으로 발을 닦았다.
시대가 바뀌어도 불변의 법칙이 있다면
그것은 바로 진리라 함이니
이것을 '下心'이라 한다.
   '높'자를 거꾸로 보면 '푹'자가 됨을...

본질을 잃어버리면 아무런 의미도 소용도 없는 법이다.

끝 맺음말

사월 초파일을 앞두고 법당에서 염불하다 눈을 감았다. 관욕대가 보이면서 아기 모습이 보였다. 그러더니 내 무릎위에 앉는다. 방글 방글 천진난만하게 웃고 있더니

"천상천하 유아독존 삼계개고 아당안지((天上天下 唯我獨尊 三界皆苦 我當安之)"

라고 한다. 그제야 부처님이라는 걸 알았다. 눈을 떴을 때 불상에 비춰진 햇살이 눈이 부시다. 아기 부처님을 모셨는데 초파일 행사가 끝나 등과 관욕대를 잘 싸서 내년에 다시 모시려고 따로 보관하려 했다.

그런 내 마음을 알고 그날 밤 꿈에 아기가 나타나 말했다.
"우유를 다오."

그런데 아기가 하는 말인데 어른스러우리만치 위엄이 넘치는 말인 것이다. 꿈이 깨고 나서야 아기부처님을 보관하지 말고 그대로 모시라는 걸 깨달았다.

그래서 아기부처님에게는 하루도 빠지지 않고 청수를 올릴 시간이 되면 우유를 올렸는데 날이 더워지자 오전에 올린 우유가 상하는 것이었다. 그래서 요구르트로 바꾸어 올렸는데 최근에 아기부처님이 또 나에게 나타나서는 내 눈을 똑바로 쳐다보며 말했다.

"우유를 다오. 따뜻하게 데워서 올려라."

하는 것이었다. 나를 나무라는 듯 너무 단호하여 나는 고개만 끄덕였다.

분명 아기 모습인데 억양은 어른인 것이다. 내 생각대로 판단하여 요구르트로 바꾼 것을 죄송하게 생각하여 우유를 계속 올리고 있다. 아기 부처님의 순수함 속에는 엄청난 에너지가 잠재해있는 것이다.

우리는 왜 부처님의 순수한 가르침을 받아들이지 못하고 큰 것만 찾는 것인지...

세속 삶에서 사막을 볼 줄 알아야 하고 사막을 보았거든 바라보고 지켜보고 뜻을 읽고 행해야 한다.

오염될수록 순수한 마음만이 오염을 정화시킨다는 것을 중생심으로 못 깨우쳐서 헤매는 것이다.

使靈 사령

초판 1쇄 발행 2014년 9월 5일

발행인 로사(현음정)
발행처 한국전통불교 조계종 황등사
    TEL. 051) 301-4898, 010-2478-5957
인쇄처 무량수
    부산광역시 해운대구 재송동 1209번지 센텀IS타워 1009호
    TEL. 051) 255-5675 FAX. 051) 255-5676

ISBN 978-89-91341-43-2

정가 12,000원